井上ひさし　発掘エッセイ・セレクション

小説をめぐって

井上ひさし

発掘エッセイ・セレクション

小説をめぐって

岩波書店

目次

編集協力＝井上　恒
資料提供＝遅筆堂文庫

＊本書には、井上ひさし著の書籍未収録の作品から、「小説」をめぐるエッセイ及びその周辺の作品を精選し収めた。
＊執筆時期、媒体がさまざまであるため、あえて表記・用字などは原文のままとし、明らかな誤記と認められるものに限り訂正した。
＊各編の最後に初出を明示した。また、内容の理解のため適宜コメントを付した。
＊〔　〕は、本書収録にあたり、新たに加えた注である。

1

廈《ひさし》という名《な》の読《よ》み方《かた》について

わたしの本名は『井上廈』と書くのだが、この名にはだいぶ苦労をさせられた。というのは、『廈』を「ひさし」と正しく読んでくれた人はこれまでにただのひとりもいなかったからである。

もっとも、〈夏の上に店垂《たなだ》れ――正式には麻垂《まだ》れだろうが――をかける〉から〈お日様を遮ぎる〉へ意味をずらしすべり動かし、お日様を遮ぎるもの、すなわち庇、「ひさし」と読ませるのは一種の暗号、というより判じものじみており、他人にこれを正しく読んでほしいと望むのは、それこそ望むほうが無理というものだろう。

大きな漢和辞典をひくと、〈『廈』を解字すれば、广は家を、夏は大きいという意をもつ。つまり大きな家の意となる〉などと載っていて、そこに命名者であるわたしの父のねがいがこめられているような気がするが、それにしてもこの名は凝《こ》りすぎである。他人が読むことのできない名なぞ、はたして名といえるかどうか。正しく読んでくれなかった他人をうらむより、父に文句を言うのが筋だろう。が、それはとにかく、みなさんはこの『廈』をどう読んでくださったか。

もっとも多かったのは「なつ」で、むろんこれは店垂れのなかの『夏』が手がかりになっている。「か」と一音ですます人も大勢いた。高校の漢文の先生は、「井上君の名前はまさかアモイというのじゃないだろうねえ」と自信なさそうにおっしゃったが、おそらく先生の脳中には『廈門《あもい》』があったのではないかしら。

大学を休学して国立療養所の事務員の試験を受けたときなどはもっとひどかった。わたしを面接した厚生省の役人がこう言ったのである。

「きみの名前はゾウリじゃないのかね」

草履の『履』が『廈』となんとなく似ていることからの連想だろうが、「ぞうり」じゃあまりひどすぎる。

療養所で二年半働いてから大学へ戻り、まもなくわたしは放送の台本を書いて口に糊をするようになった。

はじめのうちはラジオの仕事がほとんどだったので、べつに筆名《ペン・ネーム》を考えようとはおもわなかった。『廈』という漢字にはてこずっていたけれど、「ひさし」という音にはうらみはなかったし、アナウンサーは番組の前後に作者名を読み上げるものの、それは当然、音としての名前であり、漢字は関係してこない。べつにいえば、わたしはラジオドラマの作者という仕事にほとんど満足し、一生、その仕事をつづけようと決心していたので、台本の表紙の『廈』に読み仮名を振るだけですませていたのである。

だが、やがてテレビが電波芸能――正しくは電波芸術と書くべきだろうが、わたしには芸能のほうがぴったりくる――の主流を占めるようになり、ラジオドラマの本数が極端に減りはじめた。ラジオドラマにしがみついていては顎が干上るおそれが出てきた。

仕方なくわたしはテレビドラマの作者に転身を計ることにしたが、テレビの場合、作者の名前がブラウン管に数秒間は出るので、『廈』はいけない。もっと正確にいえば、わたしが主として書いていたドタバタ笑劇と『廈』とが水と油で、なんとなく釣り合わないのである。ディレクターたちは、「いかにもそれらしい筆名を考えておくように」と命じたが、わたしはもっとも手軽な道を選んだ。『廈』を『ひさし』と、平仮名にするだけですませてしまったのだ。

数年たって、わたしは戯曲や小説を書きはじめた。が、このとき、消息通のある友人が以下の如き忠告をしてくれたことがある。

「井上ひさしは軽すぎるなあ。だいたい平仮名の混った名前で大成した人はいないんだ。かの中野重治でさえ、一時、中野しげはるとしたのを重治に戻してしまったではないか。活字の世界に入るなら、もっと重々しい名前にしなさい。でないと、金輪際、文学全集に載りませんよ。そうだな、井上重太郎なんかどうかしら」

友人の親切心には感謝しながらも、右の言い分には正直いって腹が立った。わたしが戯曲を書き、小説を書くのは、現代日本文学全集にそれらを載せてもらいたいとおもうからではない。書きたいことがあるから書いているだけである。書きたいことを書いて、それで生活できるなら、こんなに仕合せなことはない。ラジオドラマもテレビドラマもただそれだけの思いで書いてきた。いまさらその生き方をかえることができるだろうか。

たしかに名前が読者に与える効果には無視できないものがあるかもしれないが、その効果を戦略としてあまり重視しすぎるのは邪道ではないか。『井上ひさし』という名前が軽い、というのであれば、その軽さにあべこべに居直ってやろう。

その軽さでナントカ文学賞や日本ナントカ文学全集などを重んじる日本文学の重々しさの虚を衝《つ》くのだ……。

そう考え、わたしは生れてはじめて意識して『井上ひさし』という平仮名混りの筆名を自分の名前として選びとったのである。

（『歴史読本』一九七七年一月号　新人物往来社）

1　来し方

故郷小松

南京婆のやってくる道

山形県を南から北へ刺し貫いている、そのあたりで最大の国道を一三号線という。この一三号線から西へはみ出すような恰好で、最上川に沿いながらつづく国道が二八七号線である。起点は米沢で、終点は神町《じんまち》だ。むろん神町から南下すれば、当然、起点は神町で、終点は米沢市ということになる。全長二十余里の、いまはさびれ果てた街道であるが、しかし最上川舟運のはなやかだった時分は、沿道の、小松、今泉《いまいずみ》、長井、鮎貝《あゆかい》、寒河江《さがえ》などの町々の名は京まで聞こえていた。最上川を下っていったのは、主として出羽紅花《べにばな》である。紅花は京で加工されて京紅と名をかえた。最上川を上って来たのは、京の女たちが着捨てた中古の衣服だったらしいが、僕はこの沿道の小松で生まれ育った。

一三号線に沿って奥羽本線が敷かれてから、この道は脇街道、というよりもさらに脇の脇街道におしやられてしまったというが、子どものころの僕たちは、根雪のとけて消える四月上旬になると、朝と夕方、街道の北の方角を怯えて見るのが常だった。春、北から「南京婆《ナンキンばっぱ》」という人買い女がやって来たせいである。

昭和初期の東北大凶作のとき、山形県のある村の役場が、「娘さんを売る前に、役場に相談してください」と村中に貼り出したことは昭和史の書物にはたいてい載《の》っており、よく知られているが、じつはその村もこの街道沿いにあった。街道全体が貧しくてどこを見ても田んぼと山ばかり、だから米の出来が悪いと娘を売るしかない。前の年の秋に百姓たちへ貸した金の取り立てに地主たちは専門の業者をたのむ。南京婆はその業者たちの代理《てさき》なのだ。

ではなぜその女たちは南京婆と呼ばれていたのか。娘たちの逃走をおそれて、底を抜いた南京袋を着せたからだった。底抜きの南京袋を着せると、娘たちの目から腰の下までがすっぽりと隠れてしまう。手が自由にならぬので娘たちは走れないのだ。娘たちも、目から下が隠れて顔を見られずにすむので、この南京袋を着せられるのを好んだという。

南京婆たちの人買い仕事は、僕たちの町が起点だった。僕たちの町から始めて、北へ北へと娘たちを集めていくのである。そこで南京婆たちは、夕方、町へ来て旅館に泊まり、翌朝、娘を引き連れて北に向って町を発つ。でなければ朝方にやってきて、正午までには町を出る。そんなわけで町のものにすれば夕方と朝がおそろしかったのである。

娘たちは山形市や酒田市へ連れて行かれたらしい。たいてい女郎になった。なかには、しばらくして着飾って故郷へ顔見せに帰ってくる娘たちもいたが、それはわずかで、大部分はそれっきり消息を絶った。

いまからわずか四〇年前に、そんなことがあったとは、幼いながらこの目で娘たちの悲しい出発の朝を見ている僕にも、今ではほとんど信じ難い思いがする。しかしたまに帰郷してその街道に立ち、ふと北を見たとき、それが朝か夕方であれば、僕の身体は怯えてかすかにふるえだす。あの光景のおそろしさを、身体は憶えているらしい。（『日本の街道①　風かけるみちのく』一九八一年七月　集英社）

◇のち、『ふるさと文学館 第七巻 山形』(一九九四年七月、ぎょうせい)に収録された。

校歌

文筆業者の端くれに連なっていると、いろんな注文が舞い込む。校歌もその一つで、これは宣伝文(たとえば郷里名産の玉コンニャクの惹句)と同様、できるだけおことわりすることにしている。十数年前、北京の日本人学校の校歌を引き受け、よほど懲りているからだ。たしか「小さな火花も広野を焼きつくす」という毛沢東の詩の一節を主題に歌詞を展開してようやっと書き上げたはず。團伊玖磨さんの旋律がよいので、それからも歌いつづけられていると風の便りが届いたこともあったが、今はどうなっているのだろうか。いずれにせよ、小説や戯曲に挿入する歌ならとにかく、少年少女諸君の記憶の一部となって彼等の身体に生涯のこりつづけるような言葉なぞ、恐ろしくて書けるものではない。

ところが郷里に中学校が、一中と二中の二校、同時にできて、それぞれの校歌の作詞を引き受けることになった。作曲は宇野誠一郎さんである。どうして引き受けてしまったのか今でもよくわからないが、二中の方はなぜかあっという間に書き上がった。

遠き野をこえ　せまれるあらし
天をゆるがし　大地をやぶる

ひたすら　ひとすじ　ひたむきに
よく耐え　よく立ち　よく忍べ
よき力みな　ここに生まれる
川西二中に　力あり（二番）

われながら下手だと思う、がしかしどこか勢いのようなものがあって、まあ満足した。しかし筆者の頭の中にある校歌のパタンはこの一種だけのようで、一中の方はまったく進まない。そこで校歌を研究して、その最大公約数のようなものを作ろうと思い立った。

校歌作詞家は、数の上からいえば、土岐善麿（一八八五―一九八〇）、相馬御風（一八八三―一九五〇）、折口信夫（一八八七―一九五三）、北原白秋（一八八五―一九四二）が四天王である。

……もっともこれは「印象」で云っているだけである。ほんとうなら日本中の全校歌に当たらねばならないところだが、非力な筆者にはとてもできない相談で、そこで「印象」で御勘弁いただきたい。

もちろんこうした校歌作詞家にも癖、いや、個性というものがある。たとえば、折口信夫は、ほとんどの校歌を、一番の歌詞はその学校の朝の風景、二番は昼の風景、三番は午後の風景というふうにきっちりと割り振って書いた。

また、土岐善麿は植物の名前を並べるのが大好きだった。以下に掲げる各例は、神奈川新聞に連載中の、郷土史家石井昭氏の好読物「三浦半島　校歌あれこれ」から引かせていただくが、善麿流とはこうである。

緑の松かげ坂道登れば
大地はひらけて
つつじもあざやか（横須賀市豊島小）

桜は庭に木の実は丘に
春も秋も明るくたのし（同市山崎小）

春が来れば桜咲き
藤においてその花あかるく
その房長し
秋となれば松の緑に（同市船越小）

「みどり」と「ひらく」をよく使っているところが参考になる。二つとも、「ひかり」「人間」「人となる」「新し」「明るい」「希望」「未来」などと並んで、校歌の歌詞の常連中の常連だからで、その意味からも土岐善麿は校歌づくりの達人である。

試みに石井昭氏の労作から、「みどり」を持つ歌詞を吹き寄せてみた。
「みどりの丘べ明るくて／わが学び舎のたのしさよ」（同市浦賀小。大木惇夫詞）

「山々のめぐるみどりに／空たかくあかるきところ」（同市桜台中。谷鼎詞）
「みどりこい丘をめぐらし／窓清く明るい校舎」（同市小原台小。関口恒詞）
「山は緑よ　海は青」（同市馬堀小。堀口大学詞）
「光よ　緑よ　美しい緑よ」（同市城北小。江間章子詞）
「みどりの山のふところに／平和の鳥がないている」（同市浦郷小。蛭田尚子詞、大高ひさを補作）
「丘にのぼれば汐風かおり／松の緑に青空ひかる」（同市長浦小。サトウ・ハチロー詞）
「大楠の山の緑よ／真日《まひ》に照る白亜の校舎」（同市大楠高。團伊玖磨詞曲）

といったふうで「みどり」から始まる校歌がまことに多いのだ。

曲中でも、「……横須賀は　希望に燃えて深みどり……」（横須賀市立工高。堀口大学詞）、「……緑きらきら　うたううたう／緑きらきら　うたううたう……」（同市野比小。江間章子詞）というように「みどり」が大いに使われている。

つづいて「ひらく」（開く、拓く）の吹き寄せである。

「その底に昨日の哀しみをひめて／海よひらけ喜びの明日へ」（市立横須賀高。谷川俊太郎詞）
「無限にひらかれた緑の地平の彼方」（同市久里浜高。川崎洋詞）
「ひろい　世界に　心　ひらこう」（同市鶴久保小。阪田寛夫詞）
「ひらけゆく街をめぐらし」（同市上の台中。川崎美和詞）
「海にひらく窓　わが汐入／見よこの青空常に新し」（同市汐入小。北原白秋詞）
「建設の道　ひらくべき　任務は重し」（横須賀市立商高。土岐善麿詞）

……このように常連の歌詞を集めて一覧表にし、「みどり」はあまりにも多用されているから、それは避けて、「ひらく」に意識を集中させているうちに次のような歌詞が浮かび上がってきた。

空にひらけゆくこの学び舎《や》に
雲なき大空今日も果てなし
励めや一中いざひたすらに
光あまねく身にあびて
めあては一つ人らしき人
空よりもこころの広きをめざして

五行目までは、やはり月並みのひと言につきるが、最後に思いがけぬ一行が生まれてきた。ちなみに二番の最終行は「花よりもこころの清きをめざして」、そして三番が「山よりもこころの強きをめざして」……。この三行が生徒諸君の記憶にのこってくれれば、それでいい。そう思って校歌の作詞づくりを終えた。

こうして、自分のパタンと、校歌群から抽出したパタンを使い切ってしまったわけだから、もう筆者には校歌を作る術《すべ》がない。校歌の注文にはこれからは問答無用で「否」と答えることにしよう。

（ニホン語日記60　『週刊文春』一九九六年四月十一日号　文藝春秋）

◇本稿の最後に記された〝宣言〟にもかかわらず、二〇〇三年、釜石小学校校歌(「社会とことば」巻頭に掲載)の作詞を手掛けている。

北京日本人学校　校歌　小さな火花

【作詞】井上ひさし
【作曲】團　伊玖磨

1．
ぼくらは火花　ちいさな火花
長城のはじまりも　ちいさな石ひとつ
長江のはじまりも　ちいさな水たまり
だから　燃やしつづけよう
火花はやがて　広野を焼きつくす
北京日本人学校　ちいさな火花は集《つど》う

2．
みんなが光　ちいさな光
朝空のかがやきも　一本の日の矢から
星空のにぎわいも　一片の小星から
だから　ともしつづけよう
光はやがて　世界にあふれ出す
北京日本人学校　ちいさな光は睦《むつ》む

◇一九八一年に井上ひさしが来校し、その翌八二年九月二十七日に校歌披露式が行われた。

川西町立第一中学校　校歌

【作詞】井上ひさし
【作曲】宇野誠一郎

1．
空にひらけゆく　我が学び舎《や》に
雲なき大空　今日も果てなし
励めや一中　ただひたすらに
光あまねく　身にあびて
めあては一つ　人らしき人
空よりも　こころの広きを　めざして

2．
花にひらけゆく　我が学び舎《や》に
名もなき花々　今日もうるわし
習えや一中　こころ素直に
誇りけだかく　養いて
めあては一つ　人らしき人
花よりも　こころの清きを　めざして

3．
山にひらけゆく　我が学び舎《や》に
つらなる山なみ　今日も逞し
誓えや一中　いざもろともに
からだきびしく　攻めあげて
めあては一つ　人らしき人
山よりも　こころの強きを　めざして

◇山形県東置賜郡川西町立川西第一中学校。一九九六年、川西二中と同時の開校。二〇一一年、川西二中および玉庭中学校と統合し「川西町立川西中学校」となったあとも、継続してこの校歌が使用されている。

川西町立第二中学校　校歌

【作詞】井上ひさし
【作曲】宇野誠一郎

1.
この天つちに　溢れることば
よき人びとの　遺せしことば
ひたすら　ひとすじ　ひたむきに
よく聞き　よく読み　よく学べ
よきことばみな　ここに集まる
川西二中に　ことばあり

2.
遠き野をこえ　せまれるあらし
天をゆるがし　大地をやぶる
ひたすら　ひとすじ　ひたむきに
よく耐え　よく立ち　よく忍べ
よき力みな　ここに生まれる
川西二中に　力あり

◇山形県東置賜郡川西町立川西第二中学校。一九九六年の開校と同時に校歌として使われた。二〇一一年三月閉校。

仙台

「若尾文子に間に合わなかった会」のこと

このあいだ、若尾文子さんにはじめてお目にかからせていただいた。

そのときの用件は、ここには書くことのできぬプライベートなこと、ところは某大ホテルの二間つづき《スウィート・ルーム》の部屋、若尾さんの扮装《いでたち》はバスタオル一枚。若尾さんは左手でタオルを軽く押え、右手にドライマーティニのグラスを持って、入っていったわたしに艶然と頬笑んだ……、などというのなら、その晩死んでも悔いはなかったのだが、ほんとうは、用件は「別冊・文藝春秋」のグラビアの取材、ところは六本木の某スタジオ、彼女の扮装は芸妓姿、まわりに人はうじゃうじゃと居り、夢想とはまるで違っており、これはじつに情けない。

とはいうものの、このときの若尾さんの美しさはえもいわれず、わたしは目がかすむやら、動悸が激しくなるやら、膝ががくがくするやらで、立っているのもやっとの思いだった。

わたしが緊張のあまり胴震いばかりしているので、撮影はなかなかうまくははかどらず、とうとうしびれを切らせた編集者が「若尾さんの膝枕で、井上さんが寝っころがっている構図はどうでしょう」と言い出した。立っているから胴震いが目立つのだ、寝っころがったら気も楽になり胴震いも引っ込むだろう、というのである。

「いくらなんでも膝枕はまずい！」と、わたしは思った。

（初対面なのに、それではあまり図々しすぎるのではないか？それにそんな狎れ狎れしくした写真が出廻ると、仙台の連中に暗殺されてしまうかもしれぬ……）

結局わたしは若尾さんの膝枕で寐そべっているところを撮ってもらったが、ここで、「仙台の連中ウンヌン」というくだりの説明をしなくてはなるまい。若尾さんと狎れ狎れしくすると、なぜ仙台の連中が殺しにくるのか。

昭和二十五年の四月に、わたしは宮城県立仙台第一高等学校というところへ入学した。この高校の近く、五分と離れてはいないところに、宮城県立第二女子高等学校という女子高があって、わたしたちは登下校のたびに、この才媛たちとすれ違うのをたのしみにしていたものだが、この才媛の中に若尾さんがいたのだった。

もっともわたしたちの入学したときはすでに、若尾さんは東京へ転出された後だったが、噂はまだ全校に渦巻いていた。若尾さんに間に合っていた上級生たちは、よくこう語ってわたしたちを羨しがらせたものだ。

「その女の子のきれいさといったら、もう、一分見ていると頭がぼーっとし、二分見ていると骨がとろけ、三分見ていると生命が危いほどなんだぜ」

しばらくの間、わたしたちは上級生たちの話してくれる若尾さんの像で満足しているほかはなかったが、やがて、若尾さんが大映から銀幕にデビューすると、さっそく「若尾文子に間に合わなかった会」という大映映画の観賞会を作り、若尾さんの映画がかかると、会員全員うちそろって映画館へ繰り込んだ。

卒業してからも、この会の連中は一年に一回は集まる。若尾さんの結婚したときの集まりはまるでお通夜のようだった。若尾さんが離婚されたときの集まりは（若尾さんには悪いのだが）ドンチャンドンチャンと大賑やかだった。まったく現金な連中だが、この連中が、会の象徴であり、全員の心の恋人である若尾さんの膝を枕がわりにしたらどんなに腹を立てるだろうか、それが気になって、わたしは膝枕のはなしが出たときに、ためらったのだった。

雑誌が発売になって数日してから、仙台の連中から葉書が届いた。それにはこんなことが書いてあった。

「……われらがマドンナ若尾文子様の膝が柔かかったか、固かったか、会員に報告のため一月三日の総会に来仙されたし。来仙なき場合は貴君の行動を裏切行為とみなし会員としての資格を剝奪する」

こんなわけで、わたしは正月に仙台へ行かなくてはならぬ。年始の列車の混みようを思えば心が重いが、暗殺されずにすんだことを思えば仕合せ者というべきだろう。

　　　　　　　（東宝現代劇　新春特別公演『女橋』プログラム　一九七三年一月）

◇ここでの「膝枕」の写真は『別冊文藝春秋』第百二十二号（一九七二年十二月）に掲載されている。

わが心はあなたの心であれかし　解説にかえて　　『新・ちくま文学の森　7　愛と憎しみ』

中学三年の秋から高校卒業の春まで「愛は惜《お》しみなく与える」という言葉をそのまま実現させたような養護施設《しせつ》にいた。……もちろん時間には記憶《きおく》を美しく飾《かざ》るはたらきがあるから、過去はできるだけ控《ひか》え目に、かつ注意深く語られなければならぬ。そう自戒《じかい》して小針《こばり》一本見逃《みのが》すものかと嫁《よめ》を見る姑《しゅうとめ》のまなこで思い返してみるのだが、やはりあの松《まつ》の梢《こずえ》を渡《わた》る風もさわやかな丘《おか》の上の数棟《すうむね》には、日本国の大人が見放した日本国の子どもに惜しみなく愛を与えていた人たちがおられたことはたしかである。

そこを経営するカナダ人のカトリック修道士たちは、学習室や図書室や講堂などの増築を思いつくと遠慮《えんりょ》も会釈《えしゃく》もなく本国の本部に建築費を請求《せいきゅう》した。子どもたちの学費が少し足りないと見れば近くの進駐軍《しんちゅうぐん》キャンプのカトリック兵士たちから強引に寄付金を巻き上げた。学校へ着て行く服の裂《さ》け目に子どもたちが引け目を感じているのではないかと考えるとカナダ本部から送られてくる修道服用の黒ラシャ布地で学生服を拵《こしら》えた。子どもたちの知識欲に応えてフランス語の講座を設け、勉強嫌《ぎら》いな子のために木工場を建て、そして食卓《しょくたく》をもっと賑《にぎ》やかにしようと自分たちの手で裏山を拓《ひら》いて家畜《かちく》を飼《か》い、野菜をつくった。こうしたお返しを一切求めない愛に包まれてわたしたちは、どこの坊ちゃまかと見まちがえられるような、じつに結構な毎日を送っていたが、それでも春はいやな季節だった。

春には門の前に捨子がふえる。捨てるほどでも親の情、さすがに親たちも凍《い》てつく地面に子どもを置き去りにすることができずに、冬の間なんとか頑張《がんば》り通して暖かくなるのを待つ。そんなわけで春には捨子が多くなるのだった。

春には小学校の入学式もあった。家庭の子は精いっぱい着飾った母親に連れられて入学式へやってくるが、丘の上の子は黒い修道服のダニエル院長に連れられて学校へ行く。自分に親がいないことを知ってはいるのだが、回りは同じように親を欠いた子ばかり。だからそれまではそう辛《つら》いとは思っていない。しかし小学校の入学式という人生最初の節目で、自分の横に親がおらず、いるのは金髪碧眼《きんぱつへきがん》の外国人。このとき、ちいさい子は自分には親がいないという事実を初めてはっきりと直視することになる。

ちいさい子はまず、自分に課せられた条件に腹を立てる。慰《なぐさ》めようとして寄ってくる上級生をちいさな拳《こぶし》で打ち、大事にしまっておいたロッカーの中の宝物——飴玉《あめだま》やビー玉やハモニカや絵本——をそのへんにぶちまけ、裏庭の松の幹を蹴《け》って暴れる。それでも事情は変わらないとわかると、今度はベッドに倒《たお》れ込んでひたすら泣く。そして涙《なみだ》と声とを使い果たしたとき、小学一年生の、自分の条件を受け入れる儀式《ぎしき》がようやく終わる。当人はもとよりつらいにちがいないが、はたでおろおろしているわたしたちもつらかった。しかし当の子どもと同じように悲しんでいたのが修道士たちで、聖務日課を放り出し、泣く子のそばにいつまでもきちんと坐《すわ》ってしょっちゅうなにかしら声をかけていた。

ある子には親がいて、ある子には親がいない。どうしてこんな不公平が生じるのだろう。

B29の落とした爆弾《ばくだん》で両親と姉の三人を一度に失ってしまったある中学生がダニエル院長にこう質問したことがあった。

「こんな不公平を許しているようじゃ神様なんて無力ですね。いや、神様なんていないんだ」

「あなたの御両親《ごりょうしん》とお姉さんは天国で楽しく暮《く》らしておられますよ」

戦前に来日、戦争中は捕《つか》まって群馬かどこかの工場で働かされていたというダニエル院長が上手《じょうず》な日本語で答えた。

「あなたはこれからうんと勉強して、それから世の中に出て行って働いて、やがて年老いて死ぬ。そのときです、天国で家族と再会できるのは。そのときのよろこびというものはたいへんなもので、それまでの不公平を充分《じゅうぶん》に埋《う》め合わせてくれるんじゃないですか。そのためにもあなたは天国に行けるように人間らしく生きて行かなければなりません」

「でも、天国なんてほんとうにありますか」

「天国や地獄《じごく》がなければ、この世の不公平は永遠に不公平のままでしょうが。それでは困ります」

この答が当たっているかどうかは分からなかった。もちろん今でも分からない。ずいぶん幼稚《ようち》な答のような気がするし、深みがあるような気もする。後で知ったことだが、日蓮《にちれん》も家族を失った信徒に「来世浄土《じょうど》で再会できるのだから」と云《い》って慰めていたようだ。とにかくそのときのわたしたちはダニエル院長を信じていたから、彼《かれ》が発する言葉をも信じた。

泣く子のそばでダニエル院長は、おそらく「わが心はあなたの心であれかし」と祈《いの》りながら慰めの言葉をかけていたにちがいない。また、わたしたちも「わが心はあなたの心であれかし」と考えてダニエル院長の言葉を信じたのだろうとおもう。わが心はあなたの心であれかし……たしかにこの言葉のあるところには愛がある。

しかし、世の中に出てから、相手の心をわが心にするということが至難の業《わざ》であると知った。こんなことはあの修道士たちのような聖人でなければできやしない。ではどうするか。喧嘩《けんか》をしているわたしたちに、やはりダニエル院長がこう云ったことがある。

「自分がこの世で一番、大事である。そう思うことは大切です。いや、これが世の中の基本でしょう。ですからこのことをどこまでも突きつめて考えてみてください。そうすると、他人もそれぞれ同じように『自分がこの世で一番、大事である』と考えていることが分かります。さあ、これでもう答が出ました。自分がこの世で一番、大事と考えているなら、他人もそう思っているということを認めなければならない。つまり自分を大事にするためには他人を害してはいけないことになります」

自分が大事なら他人を害さないこと、これは「わが心はあなたの心であれかし」よりはやさしい教えであるから、以来、処世訓の筆頭に掲《かか》げているが、これでさえ実行はむずかしい。そこで修道士たちと暮らしていたころがもっとも愛が実現していたときだったのだと思い、こうやってなにかにつけて思い出すわけなのだ。

憎《にく》しみは愛と対立するものであり、愛の裏返しのようなものであるので、あえてふれようとはおもわない。ただ一つ、どんな憎しみであれやがては消える。もっともそれには、相手が「ああ、あいつにはひどいことをした。あいつがおれを憎んでいるのもよくわかる」と思ってくれたときは、という条件がつくが。こうなるとやはり、わが心はあなたの心であれかしということが愛や憎しみの鍵《かぎ》言葉であるような気がする。

（『新・ちくま文学の森　7　愛と憎しみ』一九九五年三月　筑摩書房）

仙台文学館館長として

仙台駅頭の老夫妻への言付け

仙台文学館の歴史に永くのこるにちがいない図録第一号の、その冒頭に掲げられるはずのこの文章を、初めはそれにふさわしく格調を重んじて、わたしなりに、

「仙台百万市民そして宮城二百四十万県民の熱意がみごとに実《みの》って、ここに仙台文学館がひろく公《おおやけ》に開かれることになった。ときは世紀末の弥生の頃……」

と書き出したのでしたが、頭のどこかに、いまだに仙台駅の土産物売場で人品のいい老夫妻から突きつけられたあの質問が引っかかっていて、思わず、「なにが格調だ。そんなことをいって気取っている場合か」と呟いて手が停《と》まってしまいました。

そこで今度は思い切り俗っぽく、

「仙台文学館の学芸員はほとんどが女性で、美しい女《ひと》たちばかり、一部には『仙台美人館』と改称しては如何と提案する向きもあるぐらいですが、それよりなにより、みなさんどなたも仕事がよくできる上に親切ですから、文学に関することなら、なんでもおたずねください。また文学館は自然公園の中にあって、景色がよくて空気もきれいです。ピクニックでもなさるつもりで気楽に足をお運びください……」

こう書き直しはじめたのですが、やはりあの質問がまだどこかで聞えていて、「間のびしたことを書いて脂下《やにさが》っている場合か。あの質問にどう答えるのだね」と自問自答して、またもや躓《つまず》いてしまいました。わたしの文章にしつっこく介入してくるあの質問とは、こうです。

さきごろ、仙台駅で、家に買って帰る仙台土産は、由緒ある笹かまぼこか新興の牛たんかと思案していると、いきなり、

「開館記念展示がなぜ夏目漱石展なんでしょうな」

と声をかけてきた人があります。ネクタイの結び目も正しい半白の紳士でした。傍《かたわ》らの老婦人も束ね髪きりりと清清《すがすが》しく、

「一度しかない開館記念展示なのですから、地元ゆかりの文学者を扱ってくださったらよかったでしょうに」

と夫唱婦随の抗議。とっさのことなので手にしていた千円札を打ち振って、

「漱石先生はお札《さつ》になって全国を遍歴なさっているぐらい高名で、仙台で千円札が通用するのと同じように仙台の皆様にも漱石文学は……」

わけのわからないことを云っていると、老紳士は冷めたく一笑。

「なにも迷うことはない。笹かまと牛たんの両方を土産になされればよろしい」

「……なるほど。そういう手がありましたか」

頷いたときにはもう半白頭も束ね髪も雑踏の彼方へ消えていました。

これだけならそう悩まずともよいが、その数日後、河北新報にこんな文章が載ったのです。

〈開館記念の夏目漱石展には「なぜ」という疑問の声も聞かれる……〉(二月二十七日)

仙台駅頭の老夫妻と同じ考えの持主が、ほかにも少なからずおいでになるらしく、めでたづくしの開館の辞を無邪気に書くことを、そういったお声が邪魔しているようなのです。

素直に考えてみました。そういったお声は、仙台文学館は地域限定の文学館であれとおっしゃっているように思われますが、それは妥当な考え方か。笹かまぼこや牛たんや地ビールならば地域限定がかえって売物になるでしょうが、文学はちょっとちがうのではないか。それが日本語で書かれた瞬間から、日本語を使って生活している人びとのための、魂のたべもの、心の飲みものとして、地域を超えて広まって行く運命を持つのではないか。つまり文学館は物産館とはちがう。それは一種、日本語の殿堂であるから、日本語を使っている全域と関係し合う。地域性も大切だが、むしろ地域なるものをらくらくと超えるところに文学の意義があるのではないか。

こうも考えました。文学者たちを地域という言葉で縛ってはまちがう。魯迅は中国の文学者だが、彼の医学から文学への転身の決意が仙台医学専門学校の細菌学教室でなされたことは周知のこと、藤村は東北学院図書館のストーブのそばで『若菜集』に収められる詩篇を続々と案じ出し、太宰治は河北新報の一室で長篇『惜別』の細部材料をこつこつと集め……こんなことを言っていると際限《きり》がありませんが、とにかく仙台だ東京だ上海だと口に泡をしても仕方がない。文学者たちは地域を超えて動き回わりますし、彼が書いた作物《さくぶつ》も、それがすぐれたものであれば必ず全域を「地元《じもと》」にしてしまいます。

漱石となると、それが一層すごい。近代人の運命をふかく問いつづけた彼の主題は、いまなお、というよりは、いま、さらに一層つよくわたしたちの精神《こころ》を打ちつづけています。

彼の「自己本位」という言葉一つとってみても、たとえば「国際化」などという怪しい掛け声に急《せ》き立てられて慌てふためいているわたしたちを正気に返らせる勁《つよ》さと知恵を湛えています。仙台人そして宮城県人は自己本位の生き方を達成したという話は別ですが、日本国のほかの地域の人びと同様、わたしたちはいまこそ漱石のこの言葉をよく吟味すべきときのはず。となると、わが仙台文学館が夏目漱石展でその記念すべき開館を飾ることは、彼の愛蔵書が地元の東北大学附属図書館に安らかに保管されているという機縁とも合わせて考えると、まことに時宜を得た企画だったのではないでしょうか。いや、これしかないという必然の選択だった。だいたいが、常設の展示場には地元ゆかりの文学者たちの業績が所狭しとばかりぎっしり飾られておりますし、あの老夫妻には、「とにかく観においでください。御覧になった上で御判断ねがいます」と申し上げるべきでした。

そこで御来館のみなさまにお願い。半白頭と束ね髪の二人連れの老夫妻をどこかでお見掛けでしたら、「館長が観にきてくれと言ってたよ」とお声をかけてあげてください。

（『仙台文学館開館記念特別展　夏目漱石展』図録　一九九九年三月　仙台文学館）

◇井上の仙台文学館の初代館長就任は、開館一年前の一九九八年四月。二〇〇七年三月まで任にあたった。

石川啄木と寺山修司。二人の詩人を並べて考えるとき、まっさきに思い浮ぶのは、その非定住性である。

よく知られているように、啄木はその短い二十七年間の生涯に、岩手県日戸《ひのと》村、渋民村、盛岡市、東京、渋民村、盛岡、渋民村、函館、札幌、小樽、釧路、そして東京と、じつに十ヶ所以上を転々した。

寺山は、啄木ほど住むところを変えたわけではないが、その非定住志向は次の引用文からも明らかである。

〈私は一九三五年十二月十日に青森県の北海岸の小駅で生まれた。しかし戸籍上では翌三六年の一月十日に生まれたことになっている。この二十日《ママ》間のアリバイについて聞き糺《ただ》すと、私の母は「おまえは走っている汽車のなかで生まれたから、出生地があいまいなのだ」と冗談めかして言うのだった。(中略)私は「走っている汽車の中で生まれた」と言う個人的な伝説にひどく執着するようになっていた。〉(『誰か故郷を想はざる』)

ではこの非定住性は二人の東北人の心になにを生み、なにをもたらしたのだろうか。

なによりも、自分が一種の根無し草であると自覚するところから良質の感傷性《センチメンタリズム》が生まれる。果てしもなくさまよわなければならないという哀しみ。その感傷の述懐。これがわが詩人たちの最大の武器だったことは、いまさら言うまでもない文学史的事実だろう。しかも二人はその感傷を伝統的な定詩型に盛って受容しやすくした。

同時に、さすらうという生き方は、自由の感覚を生む。とくに一《ひと》つ所《ところ》にしがみついて生きている定住者たちがむやみやたらに大事がる「その土地その土地にとってなくては叶わぬ権力の構造と常識」から、非定住者は自由である。このことが詩人たちに鋭い時代感覚と烈しい批判力を授ける。啄木がついに明治国家を撃ち、寺山が常識を転覆させたのも、二人が非定住者だったからにちがいない。

さらにさすらう人は、複数の「世界」を経巡《へめぐ》るゆえに、どんな「世界」でも通用する規則、つまり普遍性を発見し、確保する。普遍性は時間を超える。二人の詩人の作品がその死後もますますわたしたちの心を捉えて離さないのは、二人が獲得したこの普遍性のせいである。

最後にさすらう人は、演技しなければならぬ。束の間ながらも生活を営まねばならぬので、非定住者はその土地の人たちに愛想よくふるまうことを余儀なくされる。そうしなければ暮しの煙が立たないからである。愛想よくふるまうには相当の演技力が必要で、この態度は作品にも投影する。二人の詩人のどの作品にも横溢する演技性はこうして生まれたにちがいない。

もちろん、非定住性がいつもかならず詩を生み出すわけではないが、しかし才能と努力とをもって、さすらうことを詩魂に変化させた二人の東北人の生涯から、わたしたちも「さすらう」ことの意味を見つけたい。わたしたちにしても、宇宙的時空間から見れば、だれもが可憐なさすらい人にすぎないのだから。

（仙台文学館開館一周年記念特別展『ことばの地平——石川啄木と寺山修司』図録　二〇〇〇年三月　仙台文学館）

文化とは何か——館報発刊にあたって

日ごろから仙台文学館を、愛情をこめて大切にご利用くださいまして、館員一同、深く感謝しております。

さて、このたび、わたくしどもは、いま、まさに、お手にしておいでの館報を発行することになりました。開館からこれまでを揺籃期とすれば、この館報の発行をもって、仙台文学館は、ついに幼少年期に入ったといっていいでしょう。質の良い記事を満載することで、文学館そのものも着実に成長させて、さらに、文化の滋味にあふれる文学館にせずにはおくものかと、館員一同、いま、その覚悟を新たにしているところです。

たったいま、「文化の滋味」と言いましたが、ご存じのように、「文化」は、まだまだ歴史の浅い言葉です。年号に「文化文政」がありますが、この場合の「文化」は、〈文徳によって教え導く〉、つまり〈学問によって人民を教化する〉という意味で、いまの使われ方とはまったくちがいます。

欧米での歴史も似たようなもので、いまのような意味で使われたのは一八六〇（万延元）年からでした。この年、スイスの文化史家のブルックハルトが『イタリア・ルネッサンスの文化』という書物を発行して世界中で大いに読まれ、そのときから、〈一つの時代、あるいは一つの国民の精神活動と、その活動から発生するすべてのもの〉という意味が定まったのでした。

ということは、この定義は、じつは文化の中味を、わたしたちがこれから作って行かねばならないことを示唆しております。ブルックハルトの定義をしっかり睨み据えると、文化というものが、〈わたしたちの日常生活のすべて〉という方向を指し示していることもわかってきます。たとえば、毎日の食事の内容とその食べ方、酒の呑み方、公共乗物の中での席の取り方、恋の仕方、結婚式のやり方、夫婦のあり方またその考え方……わたしたちの毎日の一挙手一投足が集まって束ねられたもの、それが文化の意味内容なのです。

もちろん、この「日常生活の束」は、たとえば、テレビだけから「教養」をとってはいやしないかどうか、スポーツ施設を必要としているかどうか、文学館に行く習慣があるかどうか、劇場や美術館や博物館や音楽堂に行くのが好きかどうか……などで、その質が低くも高くもなります。

テレビのワイドショーに笑ったり怒ったりしながらも、ベガルタ仙台の応援に出かけて行って声を嗄らし、次の夜は劇場で人間とはなにかを考え、その翌日は仙台文学館で静かにモノゴトの本質に思いを馳せる……そうやって日常生活の束の質を生き生きとさせ、そして同時にその質を高める。それがたぶんこれからの日常生活の基本になることでしょう。そのときにこの仙台文学館が、みなさまのお役に立てるよう、館員一同、これからも全存在をかけて努力をつづけます。どうぞ、仙台文学館を、みなさまの日常生活に欠かせないものとして十分にお使いくださいますよう、心からお願いいたします。

仙台文学館
館長　井上ひさし

（『仙台文学館ニュース』創刊号　二〇〇二年三月三十一日　仙台文学館）

2　とことん本の虫

解　説　（フィリップ・ロス著『素晴らしいアメリカ野球』）

フィリップ・ロスが七三年に発表したこの小説は、ひとことでいえば「素晴らしい」。だがそれだけではとうてい言い足りないので、さらにほめことばを並べるならば、これは、馬鹿のバイブル、爆笑の爆弾、抜群の売文、暴露万才、美辞麗句の壜詰、微苦笑びっしり、ビニール風美文の鼻祖、ぶくぶくの不細工の仏頂面の豚のぶざまの不器量なブスへの侮辱、文壇のぶちこわし、ブルジョア文明への無気味な武装、ベーブ・ルースのための弁論、べとべとつくべちゃべちゃの米国文化に対する蔑視、ベッドの上の便器、便秘へのべらぼうな弁明、母国語の撲殺、防共意識のボイコット、傍若無人の冒険、ボールの暴走、防衛謀略の傍観、ぼんくら作家への痛棒、などなどである。以上、みんなバビブベボ、Bではじまるほめことばにすぎないし、Bはアルファベット二十六文字のひとつにすぎない。

だって、ぼくは、この小説のほめことばなら、頭文字がAではじまるやつだけで、一冊の本になるぐらい、並べることができるんだぜ。もっとも、小説というやつは、そいつをいつどこで読むかで感銘の度合いがちがってくるものだ。川端康成の「禽獣《きんじゅう》」をカンサスシティのキャバレーのキャンドルライトの下で読んでもぴんとくるかどうかわからない（こんどはカ行で行ってみよう）。河竹黙阿弥の「髪結新三」をカナダのケベック市の大聖堂《カテドラル》でひろげてもおもしろいだろうか。キャロルの猫《キャット》と神奈川県川崎市郊外のキャベツ畠で出逢ってもなんの感動もないだろう。キケロの「カティリーナの弾劾」をキャデラックのなかで読んでごらんよ、悲しくなるほど退屈さ。

ぼくはこの小説の翻訳をキャンベラ市（オーストラリアの首都だ。カ行づくしはまだ続いている）の国立大学の日本語科の小部屋《キャビネット》でコーヒーを飲みながら読んだんだ。それは七六年五月の或る肌寒い午後のことで（ここで警告、キャンベラ市は南半球にある人工都市でね。五月は、だから北半球の十一月に相当するわけさ）、読み終えたら夜の九時だ。その間、用足しにも食事にも立たなかった。つまり、この小説に魂を奪われてしまっていたのだね。おや、カ行づくしがお留守になっちゃったな。そのころのぼくはキャンベラ生活三ヶ月目、ようやく英語を喋ることに恰好がつきはじめ、外国人（向うから見ればこっちが外国人だけれども）との会話もかなり可能になっていた。英語で活潑に、軽やかに、侃々諤々とやっていたわけだ。官舎の家賃も、物価も安いし、閑静な土地だし、関知の人びともふえたし、このまま濠州人になっちゃおうか、このままがんばっちゃおうか、いまから思えば汗顔の至りだが、そんなことを考えていた。

ところがこの小説を読んだとたん帰心矢の如し、即刻祖国へ（とサ行のことばがふたつ並んだところで、そうだ、サ行で行こう）とって返したくなっちゃったな。祖国のことばが、こんなに創造的で、最高で、細密で、彩度があって、炸裂的で、燦々たるもので、慈雨のようにやさしく、仕掛けができて、慕しくて、したたかで、七面倒だが七面鳥のように変幻自在だとはおどろきだった。しなやか。しびれる。しぶい。滋味たっぷり。しみじみ。しゃっきり。自由。充実。充足。粛然。潤沢。清浄にして饒舌。冗長にしてかつ深遠。新鮮で神聖。すっきり、ずっしり、すべすべ、ずばずば。鋭い。冴えている。清涼。節度。つまるところ日本語は、そうだ、アで行こう。垢抜けしている。悪臭ふんぷん。あくが強い。あくどい。悪辣だ。あさはかで、あさましい。甘い。安心できない。次はイだ。威圧的だ。いい加減だ。もういやだ、やめた。とにかくぼくは、中野好夫・丸谷才一・常盤新平のお三人の訳業によって、日本語でもって生きるしかない自分をはっきりと認識したのだ。自分は日本語以外では生きられない、言い合うのも、言い誤るのも、言い表わすのも、言い置くのも、言い送るのも、言い落すのも、言い換えるのも、言い返すのも、言い掛りをつけるのも、言い掛けるのも、言い聞かすのも、言い切るのも、言いくるめるのも、言い渋るのも、言い過ぎるのも、言い捨てるのも、言い損うのも、言いそびれるのも、言い出すのも、言い立てるのも、言い違えるのも、言いつかるのも、言い尽すのも、言い繕うのも、言い伝えるのも、言い通すのも、言い直すのも、いいなづけも、言い習わすのも、言い慣れるのも、言い抜け言い逃れるのも、言い残すのも、言いはぐれるのも、言い放つのも、言い張るのも、言い開きをするのも、言い含めるのも、言い触らすのも、言い負かすのも、言い負けるのも、言いまくるのも、言い漏らすのも、言い淀むのも、言い寄るのも、言い渡すのも、日本語でするほかはないってことに気づいたんだ。つまりそれほど、この訳文は、日本語としての魅力に溢れていたわけだ。そうしてこの素晴らしい訳文を英語圏内の国で読んだのでその感動はまたひとしおだったのだ。日本語でこれだけの芸当ができるのなら、よし、おれも非力ながらひとつやってみようとおもった。鼓舞されたんだな。ぼくはほとんど泣きそうになりながら、官舎へ帰り、すぐ日本語科長のところへ電話をし、こう告げた。

「一年の予定でやってきましたが、突然、仕事がしたくてたまらなくなってしまいました。半年で引き揚げさせていただきます」

もっとも、引き揚げてからおまえさんいったいどれほどの仕事をしたというのかね、なんて切り返えされると困っちまうけどね。とにかく、これは凄い翻訳だぞ。この翻訳になにか賞がきたかい。たとえば、ほら、翻訳文化賞というのがあるじゃないか。なんにも？　へえ、あいかわらず石頭の関係者が揃っているんだな、バーカ。

もちろん、こういう、一見(いや二見も、三見も、かもしれないけど)軽薄な文体でほめたり、感動をあらわしたりしては、訳者たち(この訳者たちの名前の上に「素晴らしい」を五十回、「尊敬する」を五十回かぶせたい、真実、そうおもう)に迷惑がおよぶだろうってことは百も承知、二百も合点、三百も了解、四百も理解、五百もわかっている。この国では仲間ぼめが流行っているから、甲が乙をほめれば、甲と乙は同じ括弧でくくられてしまうんだな。そして、甲が軽薄なほめかたをしたから乙もきっと軽薄にちがいない、などと短絡してしまう。シェイクスピアをC調な文章でほめたからって、シェイクスピアそのものがC調だということにならないだろう。井上ひさしを重厚な文体でだれかほめてくれても(そんなこと有り得るはずはないけれども)井上ひさしは依然として軽薄さ。そこんとこ、混同されたくないね、訳者の名誉のためにも、だよ。もっとも、こっちも売文の看板を出して飯を喰っているわけだから、この訳業に重厚、かつ荘重な文体で讃辞を述べることはできたよ。でもこういう文体になってしまったのは……、種明しは、この小説の冒頭の数頁にあるから、さっそく本文にとっかかってくださいよ。

おまえは解説者としては落第だ？　その証拠にフィリップ・ロスについて何も言ってない？　じゃ

あ、なんか言おうか。処女作に「さようならコロンバス」という清冽で端正な作品を持つ作家が、十五年後にこんな小説を書く。ほんとうに自由でいいな。ぼくもその末席に連らなっているのだけど、日本の文学者たちはほとんどこれとは逆、だれもかも絶対に成り下がろうとしない。ロスは他山の石だな。

もうひとつ質問がある？　いまは何の字づくしだ？　きまってるじゃないか、五十音づくしです。

（フィリップ・ロス著『素晴らしいアメリカ野球』 集英社文庫　一九七八年四月）

◇この「解説」は、本文のパロディとなっている。傑作にもかかわらず、いままで著書に収録されなかったのはそのためか。のち刊行された新潮文庫版にも収録された。この小説をめぐっては丸谷才一との対談「現代文学のゆくえ」(『ユリイカ　特集＝井上ひさし』一九七九年五月号)参照。

柳田国男への挨拶　〈柳田国男著『不幸なる芸術・笑の本願』解説〉

この小文は、柳田国男という巨鯨の沖で潮吹くのを、三里も離れた陸地から眺めてものをいうようなもので、隔靴掻痒どころか、まるで空振りに終ってしまうにちがいない。つまり巨鯨の姿はたしかにちらと見た、がしかしその正体についてはまったく見当もつかないと告白するために、原稿用紙を汚しているようなものである。このことを先ず冒頭でおことわりして……

とここまで書いて、はてな、と首をかしげる。なぜ、柳田国男についてなにか記すときにかぎって、わたしはこのように最初から弁解の言葉を掲げ及び腰になってしまうのだろうか。いや、これはわたしだけのことではない、世にあらわれた柳田国男論の大半が、申し合せでもしたように、或る定形の枕をふるのである。むろん、それらの論者たちの場合は、わたしの如く弁解と及び腰の枕ではなく、敬愛や畏敬の籾殻の入った枕であって、その点では千里の隔たりがあるけれども、とにかく柳田国男には、論者に或る定形の枕をふらせずにはおかぬ強力なところがある。その、或る定形の枕をいくつか引用してみると、

《柳田国男の残した尨大な文化遺産をどのように継承するかは、私たちに課せられた巨きな問題である。(中略)ただ(中略)、ここではもっぱら私自らの関心にのみもとづいて日頃思っていることの一端を覚え書風に述べてみるにとどめたい。》(「柳田国男ノート」住谷一彦)

《柳田国男の良い読者とはいえない私にとって、なお柳田が意味をもちうるとすれば、》(「柳田思想のリアリズム」磯田光一)

《……私が読みえたのは、彼の尨大な著作のなかのほんの一部分に過ぎない。ながきにわたって集中的に読んだという経験もない。もちろん、これは、ひとつには私の怠惰のせいだが、それだけでもないようだ。》(「『雪国の春』その他」粟津則雄)

《……私は柳田国男の学問にずいぶん負うている。それでいて、「柳田学」を研究しようと思ったことはない。もちろん怠慢のせいである。しかし言いぶんがないわけではない。柳田国男の全集を通読したことさえない。恥かしいことである。しかし三分の理がないわけではない。》(「柳田国男と身辺の学」多田道太郎)

《おそらく柳田国男は、現代都市について明確なイメージを描いてはいなかっただろうと思う――。こうした不確かな推測から小文を始めなくてはならないのも、まったく不勉強によるところで、まさか柳田国男について文章を書くなどとは、一ケ月ほど前まで想像してもいなかった。》（「埋蔵された都市論」原広司）

《私は柳田国男を〝専門的に〟研究している者ではないし、かれの思想に傾倒しているわけでもない。尨大なかれの著作を読みこんで、かれの人と思想を論ずるなどという能力も資格も私はもっていない。私は、ただ、……》（「柳田国男の農業水利論」玉城哲）

《この小文は柳田國男という巨象の尻尾《しっぽ》の先か踵の辺に触るようなものだが、いたし方ない。》（「柳田國男の研究方法について」有賀喜左衛門）

とこのようになるが、おどろくに足るのは、これらの論文がすべて一冊の雑誌に同居していたという事実である。すなわち、いずれも『現代思想』という雑誌の一九七五年四月号〈特集＝柳田国男その方法と主題〉に収められているのだ。収録論文二十篇のうち、その三分の一以上の七篇までが、右に掲げたような、或る定型の枕をふっているのである。右の七篇、いずれも柳田国男と四ツに組み合い、論として上々吉の出来栄えを示しているのに、なぜ七人の執筆者たちはこのような枕をふらなくてはならなかったのか。

柳田国男が巨大で、かつ偉大だからだ、といってしまえばおしまいだ。もうすこし丁寧に「明治以降の社会で出世するには、べつにいって社会の上積《うわづ》みになるためには、それまでの伝統的な共同体の智恵や行動の基準となる徳目を捨ててかかる必要があった。実際にも人びとはそれらを片っぱしから捨てて行った。だが柳田国男は、人びとの捨てたものを根気よく拾い集めた。その態度は、本書に収められた「鳴滸の文学」一六の《方言を標準語に統一すべしというと、忽ちその棄てられる方言を馬鹿にするが、さようなヲコなることは民俗学では許されない。むしろ滅びそうだと思えば、なお懇《ねんご》ろに知って置かねばならぬのである。》という文章からも明らかだろう。柳田国男が拾おうとしなかったのは、百姓一揆と庶民仏教ぐらいであるが、いずれにせよ、彼の拾い集めたものは尨大な量の集積となり、それはほとんど日本常民の全歴史と等しい。このように巨《おお》きなものに向ってものをいうとき、先ず敬虔に頭を垂れてからと思うのは当然の人情であり、礼儀であり、挨拶である。さよう、柳田国男は思わず知らずこちらが挨拶をしてしまうような、そういう大先達なのだ」ということもできよう。

しかし挨拶をしたくなるような相手だからつい挨拶の枕をふってしまうでは、幼稚園児の言い草だから、さらに思案をしてみる。すると浮び上ってくるのは柳田国男の文体である。柳田国男の遺産を受け継ぐ方法はただひとつしかない。彼の文章を読むことである。ところがその文章はやたらに息が長く、満々と水をたたえて悠然と知識や論理を運び、結局、彼がなにをいいたいのかわからなくなってしまうことがしばしばある。揚句には、わたしは「どうも読みにくい文章だ。まったくこの人はなにをいいたかったのだろう」と力なく呟《つぶや》いて頁を閉じてしまう。そして、柳田国男の讃美者たちの、

《柳田の文章の力の大きさは、ここで改めていうまでもない。まさに文は人なりで、その文章は柳田国男の存在の決定的要素といってよい。柳田の高度の文学性を理解できない人を、私は信用したくないとさえ思う。》(『柳田国男の世界』伊藤幹治・米山俊直編著、一〇ページ)

と声高にいうのを背中に聞きつつ、別の、もっと判りやすい書物に向うのだが、あるとき、本書に

収められている「鳴滸の文学」を読み、なぜ柳田国男の文章がわかりにくいのか、突きとめたと思った。すなわち、その二三の冒頭で柳田国男はこういっている。

《結論は読者に作ってもらうのが、今までの私の流義ではあるが、》

柳田国男が自作品の仕掛けを、このように率直に語ることは珍しいのであるが、それはそれとして、彼の文章は絶えず読者めがけて質問の矢を射つづけている。たくさんの、そして撰り抜きの材料を並べて、さてと最後に問うのである。「こういう材料を並べたところからも私の訴えたいところはおわかりいただけたと思う。では今度はあなたが答える番ですよ」と。

はっきり結論をいってくれないからわかりにくい、絶えず読者の答を求めてくるところがうっとうしい。柳田国男の文章が読みにくいことの原因の第一は、ここにあるとわたしは思う。そしてわたしがしばしば挨拶の枕をふりたくなるのは、柳田国男の問いかけにうまく答えることができるかどうか、その確信に欠けるからではないのか。前掲の七人の論者たちに、これは当てはまることではないだろう。だがわたしに限っていえば、挨拶に困って挨拶をしてしまうのだ。柳田国男の「ほう、私の書いたものについて何かおっしゃりたいという。よろしい、あなたの答をうかがいましょう」という強い眼差しに射られてうろたえ、なんのかんのといいわけをする、それが枕となるもののようである。

柳田国男の文章の第二の特徴は、主題のぼかしである。これは第一の特徴である〈結論は読者に作ってもらう流義〉と表裏をなしており、主題を明瞭にすればおのずと結論の落着き先も明かになってしまうから当然の計算だろう。

「笑の本願」を読みながら、わたしはまず軽い怒りをおぼえる。他の文章で、あのように口承文芸

に対して深い理解を示していた柳田国男がなぜこのように、駄洒落・くすぐりをおとしめるのか。しかし、

《弥次郎という名前すらも既に伝統があった。弥次郎は即ち最も有り触れた軽輩の名として、夙《はや》くから笑話の主人公をもって目《もく》せられていた。》

《(日本の笑話の)なお一段と顕著なる約束は、二人連れということであった。》

などの目もくらむような洞察に引っぱられて読みすすむうちに、ぼんやりとここでの「笑」とは「俳諧的笑」のことだということがわかってくる。ここで脇道にそれると、息の長い、「だらだらした」文章が続いたと気づくや、とっておきの情報をふたつみっつフラッシュのように焚いて読者の目をさまさせる、というのも柳田国男の文章に目立つ特徴である。そしてじつにしばしば脇街道にそれ、間道を縫い、木樵道《きこりみち》に迷ったふりして論理を「遠回り」させるのも、この名人の常套である。読者はついに論理の糸を見失い、どうもよくわからぬと首をひねるが、しかし例の輝くばかりの情報だけは忘れない。これがまた再び、この著者の書物に向わせる動機となる。

ところでわかってくるのはこの一文の主題が、「俳諧的笑」ではないか、ということだけではない。そのなかでも、芭蕉一門の連句の会席における、

《笑って人生を眺めよう》(五〇ページ)

という態度ではないかと見当がついてくる。たがいに心=匂いを付合《つけあ》って、もの静かに笑って生きよう、それが彼の「本願」なのではないか。となると、貞門の詞付《ことばづけ》(もの付)や談林の心付《こころづけ》(意味付)の主戦武器だった言語遊戯をおとしめていうのは理解できる……。

このように隠された主題を探し求めつつ読み進み、どうやら主題を嗅ぎ当てたところで、「まあ、結論はあなたの方でお出しなさいな」と突き離されるのだから、彼の文章が読みやすいわけはないだろう。「なにが書いてあるのか」、「そしてなにがどうしたのだ」と性急に問う読者は、出入り差止めとなるほかはないのである。

別にいえば、柳田国男は蕉風俳諧の比類のない後継者だった。連句の会席では、すべてをはっきり言い切ってしまうのは禁忌である。そこでの付合《つけあい》は、たがいに微妙に反響し合い挨拶し合いながら、揚句《あげく》へと進んで行く。たがいに心を開き合ってもの静かに咲《え》みつつ、その一刻《いっとき》を賞翫する。そこに座が成立する。柳田国男は、その座がいくつか集まってより大きな座をなし、そのより大きな座がさらにいくつか寄り合ってもっと大きな座を作り……究極は無数の座の連合体が日本という国であれと祈っていた。「笑の本願」という題名に彼のそういう祈りがこめられているとわたしは信ずる。したがって柳田国男の作品はすべてが歌仙の一巻《ひとまき》である。柳田国男の主催する「座」に連らなり、揚句をよみ、その歌仙にまとまりをつけるのは読者の役目なのだ。連句・付合と思えば、彼の文章は非常に懐《なつか》しいものとなり、しみじみとこちらの脳味噌にしみ込んでくる。そして彼について述べるときに挨拶をつけたくなるのは、相手がその「座」の宗匠《そうしょう》であると思えば、われら連衆《れんじゅ》には当然すぎるほど当然な行為だろう。

（柳田国男著『不幸なる芸術・笑の本願』岩波文庫　一九七九年十月）

「FARCE に就て」について

一九三二(昭和七)年三月、坂口安吾は同人誌『青い馬』五号(岩波書店発行)に、彼にとっては二番目の評論に当る「FARCE に就て」を発表した。これは安吾二十六歳のときの、いわば文学宣言である。一番目の評論「ピエロ伝道者」で、安吾は、

《日本のナンセンス文学は、行詰っていると人々はいう。途方もない話だ。日本のナンセンス文学は、まだナンセンスにさえならない。(略)ナンセンスは「意味《センス》、無し《ノン》」と考えらるべきであるのに、今、日本のモダン語「ナンセンス」は「悲しき笑い」として通用しようとしている。》

と書き、笑いと涙とをはっきり切り離そうとした。そしてこの「FARCE に就て」において彼は、

《ファルスとは、人間の全てを、全的に、一つ残さず肯定しようとするものである。凡そ人間の現実に関する限りは、空想であれ、夢であれ、死であれ、怒りであれ、矛盾であれ、トンチンカンであれ、ムニャムニャであれ、何から何まで肯定しようとするものである。ファルスとは、否定をも肯定し、肯定をも肯定し、さらに又肯定し、結局人間に関する限りの全てを永遠に永劫に永久に肯定肯定肯定して止むまいとするものである。》

と見事な定義をくだし、文学としての道化＝ファルスが、いまこそ必要であると力説した。

《もっと意識的に、ファルスは育てられていいように私は思うのである。せめてファルスを軽蔑することは、これは無くてもいいと思うが――肩が凝らないだけでも、却々どうして、大したものだと

思うのです。Peste!》

これが安吾の結論である。「Peste!」とは「こんちくしょう」というほどの意味の間投詞だ。

このころの安吾は、牧野信一の知遇を得、また小林秀雄、大岡昇平、河上徹太郎、北原武夫、田村泰次郎、中島健蔵らと交わり、毎夜のように飲み歩いて激しく文学論をたたかわせていた。彼の白熱的なファルス擁護論は、そういう議論のなかで鍛えられたのだろう。そしてすでにファルスの傑作「風博士」が発表されていた。

《私は別に義憤を感じて茲に立上った英雄《ナポレオン》では決して無く、私の所論が受け容れられる容れないに拘泥なく、一人白熱して熱狂しようとする――つまり之が、即ち拙者のファルス精神でありますが。》

という高揚した筆づかいになるのも当然だった。そして安吾にくわしい読者ならば、「FARCEに就て」の、人間の全てを肯定し、肯定し、肯定し抜く精神が、やがて「日本文化私観」の父となり、「堕落論」の母となるだろうことはすぐに見てとれるはずである。坂口安吾の作物《さくぶつ》の芽がすべてこの評論にあるといっても決していいすぎではないだろうと思われる。そこでわたしは安吾全集を読み返すときにはきまってこの評論からはじめるのであるが、そのたびにある個所で活字を追う目の動きがぴたりと止まってしまう。それはこういう個所だ。

《一体に、日本の滑稽文学では、落語なぞの影響で、駄洒落に堕した例が多い（尤も外国でも、愚劣な滑稽文学は概ねそうであるが）。いわゆる立派な、哲学的な根拠から割り出された洒落というものは、人間の聯想作用であるとか、又、高度の頭の働きを利用し、つまりは、意味を利用して逆に無意味を強めるもので（略）……ところが、江戸時代の滑稽文学は（略）之とは別な方向をとり、人間的であ

るために、その洒落が駄洒落に堕して目も当てられぬ愚劣な例が多いのである。》

　人間の全てを肯定し抜くといいながら、駄洒落文学についてのみは否定する、というのがだいたい筋が通らぬと思う。安吾はこの評論の別の個所で、

《無論道化にもくだらない道化もあるけれども、それは丁度、くだらない悲劇喜劇の多いことと同じ程度の責任を持つに止まる。》

と書いているが、この筆法を借りるならば、もちろん駄洒落にもくだらない駄洒落もあるけれど、それは丁度、くだらない道化文学《ファルス》の多いことと同じ責任を持つに止まるのである。談林俳諧にも秀句はある。同様に駄洒落文学にも秀作は多いのである。恋町、喜三二、参和など、初期黄表紙作者たちの作品には、ひとつの駄洒落の上に、物語の骨組を築き上げ、まんまと成功している例がいくつもあるのだ。

　小説を築きあげているのはことばである。別にいえば、読者に、その小説世界を共有する手がかりとして与えられるのは、ことばだけである。駄洒落はその意味で小説家の最初の武器のひとつである。駄洒落というと拒否反応を起す向きが多いので言い直すと、これは言語実験のひとつなのである。だがそのあたりを安吾は、旧来の常識の翼でひょいと飛びこえてしまった。

　安吾の諸作品から与えられたよろこびは途方もなく大きく、かつその数も多いが、しかし、どうしても全身を托すには心細いような気も絶えずしている。それはやはり例の《一体に、日本の滑稽文学では……》という個所が心のどこかに引っかかっているからにちがいない。安吾はことばに関しては意外に粗い神経しか持ち合せていなかったのではないか。この疑いが、安吾に白熱して熱中しようと

するわたしに水を浴びせかけてくるのだ。（『國文學　解釈と教材の研究』一九七九年十二月号　學燈社）

◇七〇年代前半まで、井上ひさしは坂口安吾への傾倒をしばしば口にしていた。しかしこの文では評価の変化がみられる。

つめくさの道しるべ　〈宮沢賢治著『注文の多い料理店』解説〉

宮澤賢治の「正しい読み方」、あるいは「正義の鑑賞《かんしょう》法」などあろうはずがない。読者はそれぞれ自分の背丈《せたけ》に合わせて、この、稀有《けう》の詩人にして世にも珍《めずら》しい物語作家の創《つく》ってくれた世界で、たのしく遊べば、それでいい。解説は、だから、これでおしまい。これから書くことなどは、蛇足《だそく》も蛇足、蛇《へび》の足の先の、爪《つめ》の垢《あか》同然の、余計な付足しである。

たとえば私はこの一冊の、どの一篇《いっぺん》を読んでも、たちまち胸に透明《とうめい》な懐《なつ》かしさが溢《あふ》れてほとんど涙《なみだ》がこぼれそうになる。それはたぶん賢治の作品が一つの例外もなく、あのつめくさ《クローバー》の匂《にお》いを立ちのぼらせているからだろう。つめくさ、賢治の世界では、それはいつも白《ホワイト》つめくさなのだけれど、西洋渡りの、この牧草が、明治から昭和の二十年代までの、日本の田園風景の基調をなしていた。賢治の作品を読むたびに、そのつめくさのある風景がよみがえり、心にさわやかな緑の風が立ち、胸に光が満ちてくる。そうして失われた時間が戻《もど》ってくる。だから懐かしくなってしまうのだ。

東北地方はじっさい妙《みょう》なところで、これまで一度も中央政府と足並《あしな》みが揃《そろ》った試《ため》しがない。もっと正確に言うと、東北がそのつもりになって足並みを揃えようとすると、どういうわけか決まって中央がちがう歩調を採《と》り出す。いや、ちがう歩調ならまだいい、中央はぷいっと明後日《あさって》の方角へ駆足《かけあし》して去ってしまうのだ。明治の初め、朝敵だった東北をいっそう優《やさ》しく遇《ぐう》してやらなければというのか、中央はいの一番に東北開発にとりかかった。まず、仙台《せんだい》の近くの野蒜《のびる》という村を、横浜級のりっぱな港にするための大掛《おおがか》りな築港工事がはじまった。予算は六〇万円。なんだ、それっぽっちと言ってはいけない。そのころの一般会計の歳出《さいしゅつ》総額が六〇〇〇万円前後だから、たった一個の港に、国家予算の百分ノ一を注《つ》ぎ込《こ》もうという大工事だったのである。ところが台風と洪水《こうずい》で工事は難行し、そこへ北辺の警備をかためる方が先だという意見が強まり中央はここを放棄《ほうき》(廃港《はいこう》)、北海道開発に全力をあげることになった。北海道のメドがついて、ではもう一度東北をとなったところへ日清《にっしん》戦争、国家予算は台湾占領《たいわんせんりょう》管理費に向けられてしまう。台湾の見当がつき今度こそは東北をとなったときに日露《にちろ》戦争が始まって、中央の関心が朝鮮《ちょうせん》や樺太《からふと》や満州《まんしゅう》へと行ってしまう。このように東北は中央から置き去りにされっぱなしだったのである。

もっとも例外はあった。中央の後押《あとお》しで道路がずいぶんできた。あいにく手許《てもと》に山形県の資料しかないが、明治九年(一八七六)からの五年間に県下で約三五〇粁《キロ》の道路が整備され、六十一の橋が架《か》けられた。そして道路の路肩《ろかた》に、賢治の好きな、あのつめくさが播《ま》かれたのである。

つめくさはマメ科の多年草でずいぶん根が長い。平均一米《メートル》、東西南北右左《みぎひだり》へ互《たが》いに根を伸ばし合う。そこで土崩《つちくず》れを抑《おさ》える。鹿爪《しかつめ》らしく言えば、土壌《どじょう》の保全に役立つ。冬、土が凍《こお》って盛《も》り上がろうとするのを抑え込み、春は雪解け水で土の流れるのを防ぎ、夏と秋は土を風蝕《ふうしょく》と雨蝕から護《まも》るという働き者なのだ。しかも馬や牛の好物で、夏、長い花柄《かへい》に可憐《かれん》な白い花を球形に密集させて人の心を和《なご》ませ、そればかりか、たいてい葉っぱは三枚だが、ときに四つ葉をまぜて、それを摘《つ》む者を幸福な気分にひたらせるなど、麻薬《まやく》の代役さえつとめるのだから、たいしたものだ。さすがはアイルランドの国花、バーモント州（アメリカ）の州花である。ボールを載《の》せて転がすだけが能の芝生《しばふ》なぞ、このつめくさの根っこを煎《せん》じて飲んだらいい、というほどの草だ。

ヨーロッパ原産のこの草が、どうやって日本へ辿《たど》り着いたのかについては、健気《けなげ》な秘話がある。江戸期も終りに近い弘化《こうか》三年（一八四六）、はるばるオランダから将軍に贈物《おくりもの》が届けられた。その贈物はガラス製の花瓶《かびん》であったが、そのとき梱包《こんぽう》材としてこの草を乾燥《かんそう》したものが詰《つ》められていた。その中の種子が芽を出して広まったのが始まりで、「詰草《つめくさ》」の名もここに由来する。その後、花瓶の消息は不明であるが、添《そ》えものにすぎない草の方は、この国ぜんたいに広まって、馬や牛を養い、道路や野原を護り、風景に緑色の地を塗《ぬ》り、人の心を和ませたのだから、この草をいくら褒《ほ》めても褒めすぎということはないのである。

もう一つ大切なことを忘れていた。つめくさはマメ科、したがって空中の窒素《ちっそ》を取り込む能力がある上、根が深いので土の深層にある養分を吸い上げる。そうなのだ。つめくさは緑肥としても抜群《ばつぐん》なのである。さらに栽培《さいばい》が簡単（秋に種子を播いてあとは放っておけばいい）なのに生草《せいそう》収量が多い（反《たん》当たり一四〇〇貫《かん》）。たとえば、同じ緑肥仲間のレンゲソウの三倍、青刈ダイズの五倍、ソラマメの七倍である。

くどいようだがおまけをつけて、つめくさは敷物《しきもの》としても上等である。私の通っていた小学校の運動場は、周囲がプラタナスの並木《なみき》で、その下草がつめくさだった。山形の夏は日本で一番ぐらい暑い。けれどもプラタナスの木蔭《こかげ》に入ってつめくさの上に寝《ね》そべるともう極楽《ごくらく》であった。そればかりではなくやがてつめくさの湿気が、さわやかに私たちの躰《からだ》を冷やしてもくれる。このあいだデパートへ寄ったついでに、思い立ってペルシャ絨毯《じゅうたん》に寝っ転がらせてもらったが、つめくさが金魚なら、あんなものはメダカである。だいたいペルシャ絨毯は小さすぎて気に入らない。私たちのつめくさ絨毯は、運動場から水田を経て果樹園に至り、そこから桑園《くわえん》を通ってササやススキの野へとつづいていたのだ。その野原の向うはもう山裾《やますそ》の自然林だった。

花巻《はなまき》の農学校の教師であった賢治は、言うも愚《おろ》かなことではあるが、つめくさのすばらしさをじつによく知っていた。知っていたばかりではなく、このイーハトーボ人は他の県の人たちよりもよほどつめくさを愛していたにちがいない。というのも岩手県がひどく貧しく、たとえば昭和二十三年までずうっと、コメを他県から手に入れなければならないほどだったからである。昭和二十八年に私が花巻の近くの国立療養所《りょうようじょ》に勤めたとき、周囲の話題はもっぱら、「わが県の米作は二年つづけてコメの他県への移出を実現できるか」ということに集中していた。つまり昭和二十四年に至ってようやくコメの自給が可能になり、同二十七年にやっとコメの移出に漕《こ》ぎつけたという、東北では青森と並《なら》ぶ貧乏県だった。明治初年、中央の勧業寮《かんぎょうりょう》は北海道と岩手にはとくに熱心につめくさの播種《はしゅ》を勧めたが、これには次のような意味がこめられていた。

「コメだけでは暮しが立ち行くまい。牧草をつくって馬だの牛だのを育てなさい」

こうしてつめくさは、岩手を日本有数の軍馬の産地に仕立て上げて行く。いってみれば、このつめくさに岩手の人びとは希望の光を見ていたのであった。『グスコーブドリの伝記』の作者が人びとのこの祈《いの》りに鈍感《どんかん》であるはずがない。賢治はイーハトーボの人々を愛するがゆえに、彼等《かれら》の愛するつめくさをも愛したのである。ちなみに、勧業寮が青森県に勧めたものはリンゴの栽培だった。

前にも述べたように、つめくさのつきるところは野原である。野原をすぎれば林だ。林の奥《おく》は山である。賢治は、というより「つめくさが田園風景そのものだと信じていた時代の人びと」は、人間の自由勝手に振舞《ふるま》える場所がつめくさのあるところだけだということを充分《じゅうぶん》に承知していたようである。山では人間は謙虚《けんきょ》にしていなければならぬ。そこは動物たちの領分なのだ。では、つめくさと山との間にひろがる野原や林はだれの縄張《なわば》りかといえば、そここそ人間と動物とが、樹木や草花など植物の立会いの下に、対等の資格で出会うところである。風や光までも含めたありとあらゆるものの共有地、交歓の場なのである。賢治がしきりに口にする「明るく楽しいところ」とは、まさにここなのだ。気のいい火山弾《かざんだん》が転がっていたところも、茨海《ばらうみ》小学校の所在地も、おきなぐさが変光星になったところも、すべてのものがすべてのものに理解できる不思議なコトバ(賢治がたまたまそれを日本語で書きとめたにすぎない)を使うのもここだ。そういうわけだから、つめくさはこの交歓の場へ、人間を案内するための緑の絨毯なのである。

がしかし風景は変った。いま、つめくさは疎《うと》まれ、どこもかしこもアスファルトやコンクリートや鉄や芝生ばかり。それぞれの領分の境界も曖昧模糊《あいまいもこ》としている。境界を押し破った犯人が誰《だれ》かは、ここで明記するまでもないが、とにかくつめくさの絨毯がなくなってしまったので、もう、あの「ひるまの草原」がどこにあるかもわからない。山猫《やまねこ》からも葉書がこなくなってしまった。あの明るく楽しい広場はどこへ消えてしまったのだろう。そこを探し当てるためにも、私たちは賢治の作品の中につめくさのあのやさしい匂いを嗅《か》ぎ当てなくてはならない。そうすればきっとあのまひるの草原へ辿りつけるはずだ。

（宮沢賢治著『注文の多い料理店』新潮文庫　一九九〇年五月）

彼のやりたかったことのリスト

大正十四（一九二五）年四月、宮沢賢治は、農学校の教え子杉山芳松に宛てて次のように書いた。

〈わたくしはいつまでも中ぶらりんの教師など生ぬるいことをしてゐるわけに行きませんから多分は来春《ママ》はやめてもう本当の百姓になります。そして小さな農民劇団を利害なしに創つたりしたいと思ふのです。〉

翌年三月、農学校を退いた賢治は、花巻の下根子《しもねこ》の別宅で独居自炊の農民生活を始める。「岩手日報」によればこうである。

〈花巻川口町宮澤政次郎氏長男賢治（二八）氏は今回県立花巻農学校の教諭を辞職し花巻川口町下根子に同士二十余名と新しき農村の建設に努力することになつた。きのふ宮澤氏を訪ねると……この花巻で耕作にも従事し生活即ち芸術の生涯を送りたいものです、そこで幻灯会の如きは毎週のやうに開催するし、レコードコンサートも月一回位もよほしたいとおもつてゐます、幸ひ同士の方が二十名ばかりありますので自分がひたいに汗した努力でつくりあげた農作物の物々交換をおこなひ静かな生活をつづけて行く考へです、と語つてゐた。〉（四月一日付）

こうして念願叶って農民になったものの、その実体はどうであったか。一口で云えば、賢治は「飛んでもない百姓」だった。

賢治はゴム長靴を愛用していたが、当時の百姓がこんな上等なものをはくわけがない。だれもが自分で編んだ尻切れ藁草履で田を行き野を歩く。ちなみに賢治は不器用で、盛岡高等農林で学んでいたころ、実習で藁草履を編むように云われたが、どこで止めていいのかわからずに、算盤よりも長い草履を編んでしまったそうだ。何度やっても結果は同じだったという。

教え子たちの証言によれば、賢治は靴下を常用していた。踵が抜けていて、そこでこの農民志願者は破れ目を上にしてはくのが常だったが、それでも当時の東北地方で靴下をはく農民など一人もいはしない。真冬でも素足が普通で、足袋をはくのは正月の三ケ日か、あるいは御祝儀不祝儀のときぐらいなものだった。

畑でとれた野菜をリアカーに載せて町場へ売りに出かけることもあった。もちろん花巻の名家の御曹司に、声高に売り歩け、と云っても無理な相談、ただにこにこしながらリアカーを引いて歩くだけだから、ほとんど売れ残ってしまう。そこでこの新米百姓は、野菜を通りすがりの人たちに無料で配りながら帰った。それもおかしい。作物を無料で配る百姓なぞ、どこにもいるわけがないからだ。売れなければ何かと取り換えっこしてでも徳を出すのが百姓の道というものである。

なによりもリアカーを引き歩くというのが言語道断である。当時の花巻ではリアカーを備えた商家など数えるほどしかなく、リアカーがあれば大店である。いまにたとえればベンツのようなもの、そんなものを野菜の行商に使ってはいけない。

賢治は制服好きで、現在の作業服とよく似た「農作業服」なるものをデザインして、岩手県農会報に載せたことがある。デザインしただけでは足りなくて、その通りに縫わせたものを着込み、いかにも得意気にリアカーを引いて歩いたらしい。花巻の人たちはそれにも肝を潰したようである。

賢治がやろうとしたことはほかにも山ほどある。「花巻の名物がいつまでも温泉とコケシとオコシではいけない。ここを花の町にもしよう」と思い立ってイギリスのサットン商会の花の種を取り寄せてそこいら中に蒔いてみたり、その匂いが嫌われて物好きの鑑賞用でしかなかったトマトを「健康にいい」と食べるように勧めてみたりもした。

こうして書いていると、初めのうちこそ、「ゴム長も靴下もリアカーも、いかにも宮沢家の坊ちゃんらしいね」と笑っていられるのだが、やがて不意に胸が締め付けられるのを覚える。……物々交換、勉強会、農作業服、花、食用トマト、幻灯会、レコードコンサート、農民劇団といった、彼がやりたいと思い、しかし十全にはやれなかったもののリストの列がじんわりと涙でかすんでくるのだ。

これからの百姓は、辛い農作業を、芸術でもやるように、たのしみながら誇らしくやらなければならない。そのために百姓はもっと勉強して賢くならなければならない……そういう賢治の祈りのようなものが、彼のやりたいことのリストに込められていることに気づくからである。

そしていま、日本の農業は死の淵にある。農民が依然として農作業を苦行としてしかやれないでいるあいだに、そんなひどいことになってしまったのだ。賢治は、農民としては挫折した。これはたしかである。しかし彼の祈りもまた農民のもとへは届かなかったのだろうか。

（『宮沢賢治の世界展』図録　一九九五年七月　朝日新聞社）

セントルイス・カレーライス・ブルース──解説にかえて
〔『新・ちくま文学の森　11　ごちそう帳』〕

戦争が終わって間もないころから昭和三十年代の初めごろまでの十数年間は、あのすばらしいストリップショーの黄金時代だった。

ここに云《い》うストリップショーとは、現在おこなわれているような、観客の紳士《しんし》諸君の下半身とヌードダンサーたちの下半身とを一直線で結ぶ即物《そくぶつ》主義の性器開陳会《かいちんかい》とは、根本から発想のちがう演出《だしもの》である。現在のものを衛生博覧会まがいの代物とするなら、あのころのストリップショーは一個の、歴とした演劇表現だった。とりわけショーと併演《へいえん》されていた芝居《しばい》のおもしろさといったらもう……と、どうしても現在のヌードショーを貶《おとし》めるような言い方になってしまうのは、当時、ストリップ劇場で文芸部員をしていたからで、ただそれだけのこと、別に現在のヌードさんに恨《うら》みはありません。

あの時分のストリップショーは、その手本を、パリのフォリーベルジェールやニューヨークのジーグフェルドのショーに仰《あお》ぎながら、観客をティーズ(思わせぶりにじらす、の意)するダンスとギャグ(笑わせる工夫、の意)とを正面に押《お》し立てて、たしかに女性の体のまばゆいばかりの美しさをみごとに表現していたように思う……と、いくら書いたところで、あのころのストリップショーの魅力《みりょく》を文章で分かっていただくのはむずかしい。ヴェニスの観光地図を見せて、「ヴェニスの大運河はすばらしい」と云っているようなもので、面倒《めんどう》な言い方をすれば隔靴《かっか》掻痒《そうよう》というやつである。そこでたいていはこのへんで筆先をほかへそらせてしまうのだが、最近、力強い味方が現れた。このほど上梓《じょうし》された橋本与志夫《よしお》氏の『ヌードさん』(筑摩書房《ちくましょぼう》)は、当時のストリッパーたちの歴史的な写真(私にはそれ以外に言いようがない)を満載《まんさい》して、読者の魂《たましい》を往時のストリップ劇場の観客席や楽屋へ一気に引っさらって行ってくれる貴重な本である。どうかお求めいただきたい。そしたらうんと説明がしやすくなる。

中でも、見開き二ページにわたる浅草フランス座のフィナーレの写真には圧倒された……このページだけでも立ち見をしていただきたいぐらいだが、踊《おど》り子《こ》さんとヌードさん合わせて二十三人、舞台《ぶたい》狭《せま》しと(当時のストリップ劇場の舞台はほんとうに狭かった。中で浅草フランス座は業界第一の面積の広さを誇《ほこ》っていたが、それでも新宿紀伊國屋《きのくにや》ホールの舞台ぐらいしかなかった)踊っている。玉川みどり、河原千鳥、月野初子、高原由紀、マヤ鮎川《あゆかわ》……みんな懐《なつ》かしい女《ひと》たちばかりだ。

そして、ここが大事なところなのだが、下手の黒幕の向こう側では、私たち文芸部進行係が、緞帳《どんちょう》を下ろす頃合《ころあ》いを窺《うかが》いながら、数台の電気コンロに数個の飯盒《はんごう》をのせて、セントルイスのカレー汁《じる》を煮《に》ていたはずである。

ところで、私は食べ物というものにまったく関心がなく、白米の御飯《ごはん》があればそれで満足、あとは出されたものをただ食べるだけの、じつにつまらない人間である。どういう食べ物を「ごちそう」というのかも分からず、したがってこの解説にしても書きようがなくて、こうやってしきりに油を売っているのだが、前出の『ヌードさん』には、ストリップ劇場における「踊り子の階層」についての説明が省略してあるので、そのあたりへ筆を遠征《えんせい》させて、今後もできるだけ「ごちそう」には近づかないようにしたい。踊り子の階層についての説明がどうして大切かと云えば、それで給料はじめ楽屋の割《わ》り振《ふ》りなど、待遇《たいぐう》がまるでちがってくるからである。

まず、見習踊り子さん。浅草フランス座は小規模《しょうきぼ》ながら、舞台ダンサーの養成所を持っていた。新聞広告を見てやってきた娘さん、支配人が銭湯からスカウトしてきたお嬢《じょう》さん、夫に急死されて糧道《りょうどう》を断たれた若い未亡人《みぼうじん》、そういった素人《しろうと》さんたちが、数週間、稽古場《けいこば》できびしく鍛《きた》え上げられて、舞台に上がってくる。彼女《かのじょ》たちはオープニングや真ん中へんの小フィナーレやおしまいの大フィナーレで、観客からできるだけ離れて(ということは舞台の奥《おく》の方で)踊る。衣裳《いしょう》の面積は広く、武骨な乳当《ちちあ》てをし、下半身は半ズボンを縮《ちぢ》ませたようなもので覆《おお》っている。給料は五、六千円といったところ。ちなみに私たち文芸部進行係の月給は三千円で、もりそばを百枚もたべればなくなってしまった。

見習の上に、踊り子さん階級がある。ここへはダンスに上達し、舞台にも慣れた見習踊り子さんたちが昇進してくるが、そのほかにも日劇ダンシングチームやSKDから横滑《よこすべ》りしてくる女《ひと》も多かった。そんなわけで踊り子さんたちはみんな上手に踊った。この中からショーと併演される芝居の方へ出演するひともいて、いわばこの階級が劇場の実質的な担《にな》い手《て》だったといってよい。玉川みどりや河原千鳥は、渥美清《あつみきよし》や長門勇《ながといさむ》や谷幹一《かんいち》と四つに組んで客席を沸《わ》かせ、女優としての才能も見せていた。これら踊り子さんたちの月給は二万前後、衣裳面積はやや小さくなり、それと反比例して衣裳のデザインは派手になる。しかしストリッパーの証であるツンパ(布地をぎりぎりまで節約した一種のパンティ)は、はいていない。ツンパをはくのは、その上のセミヌードさん、そして股間《こかん》にバタフライを舞わせて踊るのは劇場の花形、ヌードさんだけである。

セミヌードさんとヌードさんとの、もっとも大きなちがいは、乳房《ちぶさ》を出すか出さないかにある。出せば月給は十万を超《こ》え、出さなければ八万どまりである。そこで支配人は、「出せば出す出さねば出さぬギャラなれど出してくれなきゃ小屋はつぶれる」といった式の、わかるようでいてよくわからない文句を短冊《たんざく》に書いて事務室に貼《は》り出していた。

観客の人気は主として、踊り子さんたちに集まる。セミヌードさんやヌードさんたちは、あっちこっちの小屋から声がかかり、どうしてもギャラのいい方へ動いてしまうから、馴染《なじ》みの客をつくる暇《ひま》がないのである。それに彼女たちのほとんどにヒモがついている。客は敏感《びんかん》だから、それほど気を入れて贔屓《ひいき》したりしない。

ところが踊り子さんたちは小屋に居つく。客の立場から云えば、「いつ行っても、あの女《こ》がいる。またあの女《こ》を観《み》に行ってやろう」ということになる。こうして楽屋は、そういった贔屓客からの差し入れで賑《にぎ》やかになる。では客たちはどんなものを差し入れしたのだろうか。永井荷風《ながいかふう》や高見順やサトウハチローたちが根城にしていた国際通りの喫茶店《きっさてん》、「セントルイス」特製のカレーライスが、断然、他を圧していた。毎日のようにカレー汁と白飯が届くのである。その汁を飯盒に集めて水を差し、薄《うす》くのばして量をふやすのが、私たち進行係の、なにより大事な仕事だった。こうして何倍にもふえたカレー汁は、午後遅《おそ》く、楽屋中に振る舞われた。そして私たちの分け前は、踊り子さんたちの好意で飯盒の内側にたっぷりとこびりついて残されたカレー汁で、ここに白飯を放り込《こ》んで食べるのである。味音痴《あじおんち》にもあれだけはおいしかった。たぶん踊り子さんたちの心意気のようなもので味付けされていたからおいしかったのだろう。そういうわけで、『ヌードさん』の見開き写真からはカレーの匂《にお》いが立ち上っている。

（『新・ちくま文学の森　11　ごちそう帳』一九九五年七月　筑摩書房）

文学的悪戯《いたずら》　〔『新・ちくま文学の森　16　心にのこった話』解説〕

わたしの心に深く残ったまま、今も生きつづけている話、というよりは文学的な「事件」がある。フランスのゴンクール賞のことは、どなたもよく御存《ごぞん》じのところだが、面倒《めんどう》をいとわず短い注釈を加えると、これは例の兄弟作家、ゴンクールのお兄さん、エドモン（一八二二―九六）の遺産を基《もと》に設けられた文学賞で、一九〇三年以来、毎年、「その年の最良の小説」に与《あた》えられることになっている。

じつはこのフランス最高の文学賞を二度にわたって受賞した空前にして絶後の作家がいて、その名をロマン・ガリ（Romain Gary 一九一四―八〇）と云《い》う。しかも二度目の受賞時の事情がまことに変わっていたから、彼《かれ》の死後、フランス文壇《ぶんだん》が大騒《おおさわ》ぎになった。

というのは、ガリはエミール・アジャールという変名でも小説を書き、みごと、同賞を得たのだった。しかも生きている間、この一人二役を秘密にしていたのだから奇妙《きみょう》である。

もとより一人二役が露見《ろけん》しそうになることもないではなかった。そのときはどう切り抜《ぬ》けたか。甥《おい》のポール・パヴローヴィッチを「受賞作家エミール・アジャール」に仕立て上げたのである。こうして生前のガリはあくまで白を切り通し、一部始終が明るみに出たのは、彼が自殺して果てた後、甥が白状してからだった。ますます奇妙ではないか。

このように彼の生涯《しょうがい》は謎《なぞ》に満ちているのだが、とりわけ出生前後の事情は深い霧《きり》に包まれている。

試みに、人名辞典を引くと、彼の正式な(?)経歴はこうである。

〈フランスの作家。本名ロマン・カチェフ。一九一四年、リトアニアでロシア系ユダヤ人の家庭に生まれる。一四歳《さい》のとき、女優だった母親に連れられてフランスに移住。第二次大戦中、ド・ゴール将軍の「自由フランス」に参加した後、四五年から六一年まで外交官として世界各地に赴任《ふにん》。小説家としては、戦争直後の混乱した精神風俗を諷刺《ふうし》し、社会の偽善《ぎぜん》や硬化《こうか》した通俗的モラルを告発する『ヨーロッパ教育』(四五)が批評家賞を受け、恵《めぐ》まれた出発を果たした。……『空の根』(五六)でゴンクール賞を受賞……〉(『新潮世界文学辞典』)

ところが、六七年、妻のジーン・セバーグ(一九三八―七九)を主役に映画を監督《かんとく》することになったガリは別の誕生《たんじょう》物語を披瀝《ひれき》した。それは次のように始まる。

「わたしの父親も俳優で、イヴァン・モジューヒン(Ivan Mozhukhin)という芸名で活躍《かつやく》していた。つまりわたしの映画好きは親譲《ゆず》りなのだ」

たしかに、『キネマ旬報増刊/世界映画人名辞典/外国監督編』(一九七五年刊)にも、

〈ロマン・ガリは一九一四年、ロシアのセントペテルブルグの生まれ。ロシア帝政時代の人気俳優で、一九一七年の十月革命後パリに亡命、フランス、アメリカ、ドイツ映画に出演していたイヴァン・モジューヒンの息子《むすこ》といわれる。……〉

と書いてある。前者はリトアニア生まれと云い、後者はセントペテルブルグ生まれと書いていて、どちらが本当かよく分からないが、それはとにかくとして、彼がモジューヒンの息子なら大変である。映画史が変わる、とまでは云わないにしても、報知やスポニチなら、一面いっぱい使って大騒ぎする

ところだ。

なにしろモジューヒン（一八八九―一九三九?）は、モスクワ芸術座の主役級で、演技力は折紙付き、またその容姿ときたら美男子の代名詞、ヴァレンチノさえも彼と並《なら》べば醜《みにく》く見えるほどの大美男、一九一〇年から三六年までの二十七年間に、六十八本の映画で主役をつとめたという大スターなのだ。しかしほんとうにガリはこの大スターの息子なのだろうか。それもまた謎である。映画がトーキーになると、モジューヒン人気は急速に衰《おとろ》え、いまだに彼の最期がどうだったかは不明だからだ。落ちぶれ果てて極貧のうちに病死したというが、それも噂《うわさ》、だからこの父子説も確かめようがない。

ガリと離婚《りこん》した後、七九年にセバーグは自殺、その次の年にガリも自死した。二人の間になにがおこったのだろう。かつてわたしは『パズル』という戯曲《ぎきょく》で、ガリの謎を追おうとしたが、事件の性格がうまく摑《つか》めず、したがって筆は伸《の》びず、公演は中止になった。

それにしてもこの完璧《かんぺき》な一人二役劇、文学的悪戯の真相はなんだろう。単なる大嘘《うそ》つきか、作家としての回春の欲望か、変身願望か、あるいは批評家たちが彼に貼《は》りつけた「ちょっとましな社会派」というレッテルへの仕返しか。ガリのことを考えるたびに、なにか深淵《しんえん》を覗《のぞ》き込《こ》んでいるようなめまい気分に落ち入り、どうあっても彼の生涯を私流の「物語」の枠《わく》に嵌《は》め込まねばと決心を新たにする。そうでもしないとなにかいやなものがこちらの心から退散してくれそうもない。

（『新・ちくま文学の森　16　心にのこった話』一九九六年一月　筑摩書房）

ジェラール・ヴァルテル『レーニン伝』　〔達人が選んだ「もう一度読みたい」一冊〕

一九〇五年、ロシアに第一革命がおきたころ、モスクワ警視庁特別課を任されていたズバードフ大佐は、警察の活動方式に「革命」をもたらした。この情報収集の天才は、革命家の陣営に挑発者のスパイを潜り込ませるという方法を、ロシアで初めて考え出したのである。

大佐のやり方で送り込まれるスパイたちはやがてズバードフィストと呼ばれることになるが、その代表格がロマン・マリノフスキイなる男だった。別に云えば、この男こそがロシア革命が生んだ最大のスパイ。それもその方法があまりにも完璧であったため、彼にまつわることがらはすべて滑稽な様相をおびてしまうというふしぎな男である。

もとはポーランドの貧農の生まれ、ロシアに帰化して仕立屋になったが、生まれついての性悪者で二十歳ですでに前科二犯の兇状持ち、そのうちに強盗事件に連なって三年間の禁固刑に処せられた。このときにズバードフ大佐や警察とコネがついたのか、やがて彼は首都ペテルブルグに現われて冶金業界に組合をつくり、そこの書記長におさまった。

詐欺師の才能があるから口上手で演説がうまい。警察のヒモがついているから、その演説は安心して過激になる。たちまち戦闘的な活動家として名を馳せることになるが、その一方で、せっせと情報を警察に売った。あんまり熱心に「仲間」を売ったものだから、そのうちにスパイの疑いがかかるが、そのときは抜け目なく大格闘の末、逮捕される。そして何ヵ月かの牢屋暮しで英気を養ってから、

「釈放後は首都での居住を禁じる」という厳罰に処してもらうのである。こうして彼は、一九一〇年、うまい具合にスパイ活動の拠点をモスクワに移すことに成功する。もうだれも彼を疑わない。

モスクワでの活動ぶりは、文字通り獅子奮迅、ついに彼はレーニンたちの社会民主党から立候補して、みごと国会議員に当選してしまう。しかも社会民主党議員団の副団長になり、議員団の声明書を議会で読み上げることになった。もちろん声明書の文案はあらかじめ警察に伝えられていて、ときの警察庁長官のビエレツキイの添削の筆が入っている。

このころの彼の手柄を列挙すれば、機関紙「プラウダ」主筆のスヴェルドルフを売り、スターリンを売った。二人ともシベリアに送られたきり、一九一七年の革命がおこるまで中央に帰ることができなかった。

やがて彼は議員団の団長に出世するが、そこへパリの党事務局からブルツェフという男がやってくる。ブルツェフはスパイ探索のプロである。マリノフスキイはどうしたか。

彼はレーニンにこう進言した。

「スパイの跳梁はわが党を荒らしまくっている。警察のイヌはいたるところに潜り込んでいる。これに対しては、仮借のない戦いを計画的、徹底的に推し進める必要がある。ブルツェフはパリ生活が長く、情報に乏しいから、彼を助けなければならない。もちろん自分はあなた(レーニン)の指導のもとで、ブルツェフと共同して働く用意がある。つまりわれわれ三人が一種の三頭政治のようなものを敷いて、党内外におけるスパイ対策の中心をなす必要があります」

レーニンはこの案に賛成するが、そのころ、警察側では、こんな意見も出はじめていた。

「なるほど、マリノフスキイの働きは、めぼしい活動家の逮捕や、いくつもの組織の壊滅をもたらしはしたが、それはまた同時に、社会民主党の宣伝にもなっている。つまり彼が仲間の信頼を得るために、国会で行なう燃えるような演説は、大衆の革命気運を盛り上げて、わが国の君主制に重大な害毒を及ぼしている」

そこで彼は国会議長に辞表を出して、六千ルーブルの報奨金をもらって国外に逃走することになった。議員団の団長が辞表を出すというのだから、当然、党内は大騒ぎになる。調査委員会が設置され、彼は査問にかけられるが、そのとき彼はレーニンにいった。

「超反動的な国会にいつまでも席を占めることは、労働者階級に対する裏切りです。あんな悪の巣窟などは、真のボルシェヴィキにふさわしい場所ではありません。いまや、空論をやめて、行動あるのみです……」

それでもまだレーニンは彼を信用していた。そこでレーニンは彼に、こっそり姿を消して、その秋《とき》のくるのに備えるように勧めた。一九一四年六月のことである……。

フランスの歴史家、ジェラール・ヴァルテルの『レーニン伝』(橘西路《せいじ》訳。角川文庫)を読んだのは一九六六(昭和四一)年の秋だったが、右のような挿話が呆れるぐらいたくさん詰まっていて、おもしろさでは数ある伝記の中でも一、二を争うという感想はいまも変っていない。丁寧にノートを取りながらもう一度読み返そうと思って、目の前の本棚の一番いいところに飾ってある。

(『文藝春秋』二〇〇一年八月号　文藝春秋)

「太鼓」の音が近づいてくる

戯曲と詩とは血を濃く通わせ合った兄弟分である。戯曲の、台詞や物語の構造の、そのまた下の基底部に、詩というものが溢れ返えって渦を巻いていないと、いい戯曲は絶対に生まれない。これはジャンルだの作風だのをはるかに超えた唯一無二の鉄則である。そこで劇詩人たちは、これから書こうとする戯曲をまず詩として表現するとすればどうなるだろうかと考える。そしてなかなかうまく行かぬのに何度も絶望する。

こういうときは詩を読み、自分の詩心《ごころ》に火をつけるといい。私の場合でいえば宮澤賢治全集と小熊秀雄全集に溺れると効果がある。賢治の詩は私を宇宙へ連れ出してくれ、秀雄の詩は人間の心の奥底へ私を案内してくれる。しかも二人ともユーモアをもって！

小熊秀雄は机上に飾るようになって以来ずっと、「太鼓」という詩と諷刺の雑誌が気にかかっていた。わずか三号で潰れたこの雑誌に、彼は幾編もの諷刺詩を書き、諷刺詩についての評論を発表している。そればかりか当時、貧窮のどん底にあった彼が会計係をつとめていたという。一度でいいから手にとって彼の溜息を近くで聞いてみたい……。その「太鼓」の音がどんどん近づいてくる。祭の夜を待つ子どものように「うれしい」としか言いようがない。

（玉井五一編『小熊秀雄と池袋モンパルナス――池袋モンパルナスそぞろ歩き』
二〇〇八年三月　オクターブ）

◇出典の書籍には「上記の一文は、１９８８(昭和63)年、久山社より復刻の『太鼓・詩原』の内容見本に寄せられたものの転載です。」と記されている。井上ひさしにとって小熊秀雄は極めて重要な存在だが、彼に触れた文章は稀である。

3
交友録

先達を仰いで

『昭和史発掘』、史家への出発　〔松本清張「わたしの一冊」〕

浅草のストリップ小屋に裏方組合を作ろうとしてクビになり、こんどは四谷のカトリック系出版社の倉庫番になった。昭和三十二年（一九五七）から翌年にかけての話である。夕方、聖職者のみなさんが修道院に引き上げる。そのあと翌朝の八時まで、ビルの小部屋で本を読みながら留守番するという気楽な仕事――のはずだったが、そのうちにこれがあまり気楽ではなくなった。深夜のビルに押し入って商品を持ち出す強盗事件がしきりに起こりはじめ、強盗団と揉み合って殺される倉庫番が続出したからだった。『点と線』（昭和三十三年二月刊）を読んだのはちょうどそのころのことで、倉庫番をしているのが恐ろしくて困った。

それまでの探偵小説は、自分のいる日常とは遠くへだたった別世界のような空間で殺人事件が発生していた。いわば絵空事のようなものでちっとも恐ろしくはない。ところが『点と線』はちがっていた。自分のいる日常と地続きのところでも殺人が起こりうる。日常の中へ凶悪事件が入り込んできている。それで深夜のビルに一人でいることが恐ろしくなったわけである。

それ以来、清張作品の読者になったが、いまでも折りにふれて書棚から持ち出してくるのは、二・二六事件までの昭和初期の軍部の異様な増長ぶりと、それに引きずられて悲劇の深淵に転げ落ちて行く日本社会を活写した『昭和史発掘』(全十三巻)である。
資料集としても充実したこのシリーズに底流している清張史観の一つは、たとえば、次の引用からも窺えるように〈無軌道な下剋上が日本に悲劇を導き入れた〉ということになるだろう。
〈荒木(貞夫。当時、犬養内閣陸相)個人に対する青年将校の人気は、彼が直接に下級の隊付将校と、私宅や旅先の旅館などで気軽に会談し、しかも彼らを「純な若者」としてチヤホヤした点にある。正月とか祭日になると、少尉、中尉が千鳥足で泥靴のまま陸相官邸に現われ、「荒木はいるか」とどなりつつ奥に通る。それを見ながら荒木は「若いやつは元気がいいのう」と歓迎するから、「荒木閣下」「荒木閣下」である。陸軍大臣をとらえて、酔いに任せ呼びすてにできるから青年将校たちは感激する。／同じことは真崎(甚三郎。当時、参謀次長)にもいえた。尉官クラスの将校が真崎大将と酒をのみながら、「おい、甚公、のめ」などと怒鳴っていたという。〉(「陸軍士官学校事件」第六巻所収)
中間層を抜かした上位者と下位者の結託、上位者の人気とりの作戦、もっといえば陸軍的ポピュリズムである。
〈こうなると軍紀も軍律もあったものではない。下剋上の機運はここからも生じた。〉(同右)
やがてその関心は、悪しき下剋上の総結集ともいうべき二・二六事件の真相解明へ向かい、ついに大著『二・二六事件研究資料』(藤井康栄共編、全三巻)が誕生する。もちろん、松本清張は桁外れにすぐれた小説家であるが、じつは根気のいい史家でもあった。この『昭和史発掘』には、本格的な史家の方角へも向かいつつあった松本清張の、あふれるほどの熱意とたくさんの発見が、いまなおぶつぶつと煮えたぎっている。
(『小説新潮』二〇〇九年五月号　新潮社)

ロシアの原型を究めれば、日本の原型にも行きあたる——司馬遼太郎『ロシアについて』

この書物にはすくなくとも四つの切ない願いが封じ込められている。その四つの願いは、気品のある、しかし平明な文章で書き綴られているので、気分よく、そしてたやすく読者の胸の奥まで染み透る。さらにいたるところに、おもしろい挿話がちりばめられてもいるし、暑気払いのゴロ寝の友としても恰好な一冊であるが、しかしそれでも司馬さんの願いを正確に読み取るとき、読者は思わず起き上って襟を正さずにはいられなくなるはずである。その願いが、ほとんど祈りといってもよいぐらい深いからだ。

司馬さんの第一の願いは、評者が読み取ったところでは、こうである。「いま巷で、軍艦マーチなどを伴奏にして行われている北方領土返還要求運動は、無益なばかりではなく、むしろ有害である。運動家たちよ、返還要求運動の方向と質とを変えてくれまいか」と。もっとも、司馬さんがこう願ったからといってすぐさま「ソ連の手先」などときめつけては間違いである。本書のなかで司馬さんは、《狭義の北方領土(歯舞《ハボマイ》・色丹《シコタン》と択捉《エトロフ》・国後《クナシリ》)は古くから日本に属し、いまも属しています。固有の領土であるということは、江戸期以来のながい日露交渉史からみても自明のことです。》と、はっきり述べられているからである。

では、なぜ、北方領土を返せ、という国内世論の盛りあげ運動の方向や質を変えなくてはならないのか。ここで司馬さんは第二の願《がん》をかける、「その前にソ連について充分に勉強しようではないか。ロシアの原型とはなにかについて、深く究めようではないか」と。じつをいうと、本書は、この第二の願いがどうすれば叶えられるかを丁寧、かつ明快に解いたものであると云ってよい。外敵にたいしてつねに異様におびえざるを得なかったロシアの歴史こそ現在のソ連の病的な猜疑心の母胎であることが、かずかずの挿話をまじえながらおもしろく語られる。——と、こう要約してしまうと味もそっけもなくなってしまうし、もっとも大切なことが抜け落ちてしまう。司馬さんの論の進め方は、複眼というのか、対位法というのか、彼の国の人びとの外国への、そしてとりわけ日本への猜疑心を書きながら、同時に我が国の人びとの、これまた病的な対露恐怖症を伴走させる。ロシアについての知識、それもその知識が深ければ深いほど、じつは日本人の病患をも正しく云い当てることになるという知的軽業《かるわざ》が、ここではくりひろげられている。ロシアの原型を究めて行けば、日本の原型にも行きつくというこのからくりのおもしろさを味わうのは、本書を手にとった者にのみ許される特権である。

片々たる書評でそのおもしろさを語ることは不可能だ。がしかし一個所だけ、この司馬式対位法の見本を掲げておこう。《明治末年から日本は変質した。戦勝によってロシアの満州における権益を相続したのである。がらにもなく〝植民地〟をもつことによって、それに見合う規模の陸海軍をもたざるをえなくなった。〝領土〟と分《ぶん》不相応の大柄《おおがら》な軍隊をもったために、政治までが変質して行った。(略)君子ハ為サザルアリ、ということばがあるが、国家がなすべきでないことは、他人の領地を合併していたずらに勢力の大を誇ろうとすることだろう。その巨大な領域に見合うだけの大規模な軍隊をもたねばならず、持てば兵員をたえず訓練し、おびただしい兵器を間断なくモデル・チェンジしてゆかねばならない。やがては過剰な軍備と軍人、あるいは軍事意識のために自家中毒をおこして……》。筆は近代史の中の日本の悪夢のような一時期を写しているが、同時にソ連の病巣をも鋭く衝《つ》いているのである。

〈回心を強いる力〉

では、このような国を隣国に持ったとき、いったいどうすればよいのか。司馬さんは「成熟した国民にならなくては」と云う。文明国民としての自律性、倫理、マナー、つよい知的好奇心と洗練された聡明さ、これらを合せ持って、たとえば北方領土問題をロシア問題としても捉えられる懐の深さを身につけること。これが本書に封じ込まれている三つ目の願いである。どんな国の人びとも自分の国が一等、尊い。それぞれ自国こそが世界の中心であると信じている。しかしこの単眼性は危い。それはそれでよいが、他国とつきあうためには、その他国もまた自分たちこそ世界の中心だと信じているということを理解しなければならぬ。つまり、自国こそ世界の中心であると信じつつ、同時に相手も「自国こそ」と信じていることを理解すること、これが司馬さんの願う「成熟した国民の、成熟した態度」なのだ。北方領土問題は、ロシアからは日本問題、日本からはロシア問題として見ることができたときはじめて解決の糸口がみつかるのではないか。となるとやはりロシアともっと仲よく、うまくつきあうことを心掛けた方がよかろう。評者もまたロシアの手先でもなんでもない。どちらかといえばアメリカの方がおもしろいと思っている一人である。がしかし本書とめぐり会ったおかげですこしはロシアがおもしろくなった。本書は、読む者にこのような回心を強いる力をもっている。さて、四つ目の願いは――、そこまでこれからお読みになる方々の楽しみを奪ってはならぬ。ここで筆を擱《お》くことにしよう。

(『週刊文春』一九八六年七月十七日号　文藝春秋)

戯作者遠藤周作

いまの日本の文学者のなかで、戯作者の伝統をもっともよく引き継いでいるのは遠藤周作氏ではないか、と思われる。もっと正確にいえば、狐狸庵ものを書いて読者を抱腹絶倒させ、女優と対談して彼女たちを徹底してからかい、テレビに出演して視聴者を煙に巻いているときの遠藤周作氏は、あきらかに戯作者である。

戯作者にとってその作物は、いつも第二、第三の志でしかない。たとえば平賀源内にとって第一の志は本草学だった。本草学者たらんと欲した彼は、日本全国六十余洲を踏破して、木石草花を採集しようとした。が、封建制の下でそれは不可能なことである。そこで彼は高松藩を辞し、幕府に仕官しようとした。幕府の力を背景に全国を旅しようともくろんだのである。が、しかし、それも高松藩から邪魔が入り断念せざるを得なくなる。つまり彼は第一の志をとざされてしまったのだ。彼は生活のために、自分にとっては第二、あるいは第三、もしくは第四の志である筆をとる。第二、第三、第四の志であるから、本来の志ではないから、評判なんかどうでもよい。失敗してもかまわぬ。したがってその筆は奔放であり、軽く、かつ、鋭い。

これが戯作者に共通の精神のメカニズムだろうと思うが、これを遠藤周作氏にあてはめれば、第一の志が純文学である。ここでは失敗は許されぬ。いやが上にもきびしい態度で制作にいそしまねばならぬ。当然、鬱屈がたまってくる。この鬱屈を解放するために、氏はときどき戯作者になられる……。

氏自身は、このことを必ずしも肯定してはいらっしゃらないが、わたしは勝手にそう考えている。

戯作者は一般に、言語遊戯を得意とするが、氏にはこれがあまり見られない。もしも、世間に、遠藤周作氏を戯作者とみなさない人がいるとすれば、このあたりが原因だろう。

おまえは狐狸庵先生を戯作者ときめてかかっているようだが、なぜそんなに先生を戯作者にしたいのか、と問う人がいるかもしれぬ。それらの問いにわたしはこう答える。「戯作者の精神を受け継ぐことが、日本文学を豊かにする一方途でもあるから」と。

（『国文学　解釈と鑑賞　臨時増刊　アニメ遠藤周作』一九七四年十二月　至文堂）

◇井上ひさしは「昔、同人会という新劇団の文芸部にいて、遠藤周作さんの「親和力」という新作の制作助手をやった」と語っている(二〇〇〇年一月、大笹吉雄との対談「劇場の役割・国家と劇場の関わり」(日本劇団協議会機関誌『ＪＯＩＮ』二〇〇〇年一月号))。この対談はのちに日本劇団協議会編『シアター・ナウ：劇場を駆け抜ける言葉』(二〇〇三年)に収録された。

解　説――吉行淳之介氏との関係　〔吉行淳之介著『一見猥本風』〕

吉行淳之介さんを「手本」にしよう、という気がわたしにはある。もとよりこれは図々しい願いごとだ。スッポンがお月さまのようになりたいと希《ねが》い、メダカが金魚鉢に飼われる日の来ることを夢想するようなものである。

だいたい、わたしにはとても、

「二人とも、心中することには、本気だった。しかし、本気で死ぬ気と実際の死との間には、瞭《あきら》かな一線がある。その一線は、甚だ深い溝なので、いざ実行ということになると、なかなかに困難である。しかし、深い溝のわりに幅は狭いので、ふとしたはずみで跨《また》ぎ越してしまうこともある。この二人の場合、ロマンチックな流れに身を委したままでいることができたなら、実行の運びになったかもしれない」(本書所収「北からの贈物」)

というような文章は書けない。さり気ないが、味わいが濃く、そして深い。というよりこれは怖しい文章である。自分の命を質草《かた》に、その「幅は狭いが甚だ深い溝」を実地に覗《のぞ》き込まないと、とてもこんな勁《つよ》いことは書けない。この数行は心中研究書数十巻にほとんど匹敵するのではあるまいか。

吉行さんの小説の基調音は「関係」である。男と女との関係からはじまって、男と女との関係をその女と関係のある別の男から眺めている関係、さらには、この三人の関係を傍から観察している男の女主人公への関わり方(すなわち関係)など、関係は関係をよび、関係と関係との関係がべつの関係を創って行く。これはすでに人生であり、わたしたち読者はこれらの紙上の関係を「関係ない」といってすますことはできなくなる。つまりわたしたちは吉行作品をひもとくや否や、作品と関係させられてしまうわけで、これがつまりは吉行文学の魅力ということになるのだが、こんな力業はだれにもできることではない。関係を書き切るには精巧な平衡感覚と、作者に自分が創り出した関係に引きずり込まれないだけの強い心が要《い》るからだ。もちろん、脳外科医のメスさばきに拮抗《きっこう》し得る適確で微妙な筆さばきが、この関係を抉《えぐ》り出すために必要であることはいうまでもない。

こういったものにまったく欠けるわたしが吉行さんを「手本」にしたいなぞ、これはとんだお笑い草である。が、しかしやはり、どうしてもこの人を「手本」にしたい。それはなぜか。

おそらく、わたしに「達人願望」があるせいだろう。わたしはこれまでに二度、吉行さんと対談させていただくという幸運に恵まれている。最初の対談のとき、喋《しゃべ》りながら、

「あっ、この対談はうまい具合に進行しているようだな」

と、思った。そしてそれが活字になると、やはりうまく行っていた。

二度目の対談のとき、わたしは喋りながら、「あ、だめだ。ぜんぜんだめだ。こりゃ対談にもなりゃしない」

と、頭を抱えた。しかし、活字になったものを読むと、それがまことにうまく行っているのである。

もちろん、まとめてくださった縁の下の力持ちたちの功績もあるにはちがいないのだが、吉行さんの言葉が縁《ふち》どりになって、わたしの周章狼狽《おろおろ》ぶりがちゃんと額の中におさまってしまっているのだった。対談進行中に、吉行さんはいちはやくそれと察しをつけられて、額縁屋をつとめてくださったわけで、これは達人芸、そういうものにわたしは憧れているのだ。しかし、この達人芸は前述したように「関係」を十全に描くことのできる才能がつくりあげたもの、やはり真似ることはできないだろう。

こうして考えて行くと、「手本」にしたいと思いながら、こちらにその手本をなぞるだけの材料がないために(つまり、才能の欠損である)、どうにもならないというのが実情で、仕方がないのでわたしは、二度目の対談のときに、

「筆記用具はなにをお使いですか?」

などとばかげたことを伺い、

「ボールペンですね」

という答を得たのをきっかけに、所持する万年筆を一本残らず知人にやってしまい、かわりに山のようにボールペンを買い込んだりした。また、

「ぼくの作品はなぜかテレビや映画にならないんですねぇ」

とおっしゃるのを心に留めておき、自分の作品がテレビ化、ないし映画化され、それがきまってこけると、

「いやぁ、ぼくのものは映像にならんのです。その点は、吉行さんや野坂さんと似ておりますわ」

わが田に水を引くが如き言辞を弄《ろう》している。真似《まね》もここまでくるとすこしあさましいのだが、いやこれはあさましいばかりではなく、吉行さんへのお追従《ついしょう》で、べつにいえば、巨《おお》きなもの（権力といってもよい）との距離をゼロに近づけようとする悪あがき、さらにもうひとついえば、巨きなものと自分との関わり合いを「関係」にとどめておくことができない、ということである。

つまり、人と人との関係を見つめ、その関係を描くことに全力を傾注している「手本」を、なんとか真似ようとすること、その「手本」とある関係を保つことをやめて、その膝の上に乗ろうとすること、じつはこれは「手本」がもっとも嫌うところであり、わたしは吉行さんを「手本」として掲げている間は、吉行さんを「手本」にしてはならないという矛盾に逢着する。

勝手に矛盾に逢着したりして悩むなど、考えてみれば愚の骨頂であるが、そんなわけでわたしは、吉行作品を読むたびに、

「いいなぁ、真似たいなぁ」

と思い、同時に、

「いいと思ったら真似てはならぬ」

と思い直し、このふたつの間を右往左往している。これが吉行さんとわたしとの間の関係である。

（吉行淳之介著『一見猥本風』角川文庫　一九七五年十月）

左京さんに二度逢って　〔小松左京著『御先祖様万歳』解説〕

小松左京さんにはこれまで二度お目にかかっている。

最初はたしか昭和四十三年の十月ごろだったと思う。そのときのわたしの役目は、その年の暮に放送されるはずの特別番組のために、ディレクターと共に、小松さんからさまざまなヒントや助言を受けることだった。

その特別番組のテーマは「二十一世紀の庶民生活はどうなるか」といったようなもので、当時流行《はや》り出していた未来学の入門書をぱらぱらとめくればそれでも事は充分に済んだのだが、プロデューサーは念には念を入れて番組の助言を小松さんに依頼したのだった。

そのとき小松さんは宮城の前にたつホテルに止宿中で、小松さんの部屋には星新一さんと筒井康隆さんがおられた。わたしたちが打合せをはじめると、そのそばからお二人がいちいち駄洒落でまぜっかえされるので、打合せはしばしば頓挫し、三十分の予定が一時間半に延びてしまったが、その打合せのおしまいに小松さんが次のように言われたのを、今でもはっきりと憶えている。

「……いずれにせよ、文明は企業化できないものです。文明を創り出すのは時だけですよ」

『機械の花嫁』『ＳＯＳ印の特製ワイン』『紙《かみ》か髪《かみ》か』『ダブル三角』などの作品において、安易に文明を企業化しようとした人類が手きびしく罰せられているのは、あのときの言葉とおそらく無縁ではないだろう。別にいえば小松さんは「未来」を扱うことにじつに慎重なのだ。だからわたしたちには小松さんの紡ぎ出す「未来」を絵空事としてではなく現在《いま》と同じ重さで受けとめる覚悟が必要になってくる。現在《いま》と同じ重さを持つ「未来」がわたしたちの切実な興味を喚起せぬはずはない。もうひとつ言えば、小松さんは、単なる未来をではなく、未来における人間存在の本質を問題にしているのだ。ここに小松さんの作品がわたしたちを心田から揺り動かす理由がある。

次に小松さんにお目にかかったのは、昨年の暮、ある小説雑誌の対談の仕事で、やはり一時間半ほどお話を伺った。

「わたしがSFを書きはじめたのは家内のためでした」

とそのとき小松さんは言われた。

「結婚したてのころ、わたしたち夫婦は貧しくて映画も芝居へも行けず、唯一の娯楽はラジオを聞くことでした。だが、あるとき、そのラジオも質屋に入ってしまい、家内がとても退屈しているようなので、彼女を楽しませるために書きだしたのがSFだったのです」

この述懐は重要だ。小松さんの作品が、それを読了するまでわたしたちをしっかりと捉えて離さぬのは、この「楽しませるために書く」という小松さんの覚悟のせいだろう。たとえば『聖六角女学院の崩壊』の最初の一頁を読み、そこで本を伏せることはわたしにはとうてい出来ない。

「処女懐胎」という途方もない謎にひきずられ、どうしても聖六角女学院没落の瞬間まで見届けなくてはすまなくなる。聖母マリアは純潔のままイエズス・キリストを身籠ったと聖書は言うが、この聖書の中での最大の謎を『聖六角女学院の崩壊』は明快に解きほぐす。これからお読みになる方たちのために軽卒な種明しは避けなくてはならないが、聖六角女学院のマリは聖母マリアであり、アメリカの東部に住むジョージという大学生は聖ヨゼフなのだ。

小松さんは昭和三十四年ごろから四年間、時局万歳の原稿を一万二千枚も書かれたそうだが、そのときの修業は小説の会話に充分に生かされている。突然挿入される語呂合せのおもしろさ、わずか数行の会話でそれを喋っている登場人物たちを的確に描き出してしまう技術のたしかさ、こんなことを書くと小松さんは苦笑なさるにちがいないが、おそらくこの作家はわが国でも屈指の会話術の練達者だろう。これはたとえば『カマガサキ二〇一三年』を読めば明らかだ。

こうやって小松さんの作品のたのしさおもしろさをいちいち並べて行くと際限はなくなってしまうが、もうひとつだけ記せば、小松さんは構成に巧妙である。

たとえば『御先祖様万歳』の物語の展開は神技に近い。わたしは熟練の手品師の十八番芸でも見るようにただ呆然《ぼうぜん》として読み終るほかはない。

冒頭に提出される突飛な謎、練達の会話、構成の妙、――そんなものが「文学」に何の役に立つか、と言われる方もあるだろう。だがいかなる文学もはじめは「物語」だったのだ。物を語るのに、この三つほど重要な要素はあるまいと思われる。「未来」のことを語るのに、古い「物語」の形を選ぶ、このことが小松さんの「正攻法で文学にしようとすれば大変な量になる材料も、それを裏がえした形でまとめれば、ごく短いものにまとめられる」(「地には平和を」あとがき)という言葉とどこかで繫がっているのだろうと、わたしは勝手に考えている。「おもしろいことはよくないことだ」とされているまじめ一方の今日の文学に、裏からすなわちあそびを復活させた小松さんに、ひとりの後輩として限りのない尊敬をわたしは抱く。

（小松左京著『御先祖様万歳』ハヤカワJA文庫　一九七三年七月）

神話的英雄譚への出発——『輝ける碧き空の下で』北杜夫

明治中期、北米大陸への日本人移住は、日米紳士条約やルミュー条約の実施によって極端に制限された。さらに大正期に入ると、北米大陸は排日土地法や排日移民法を定めて、日本人移民を露骨な差別待遇の対象とするようになった。移民たちは希望を南米大陸に向けはじめた。この小説は初期の南米移民たち、とくにブラジルに上陸した日本人たちの、輝くばかりに碧い空の下での苦闘と夢とを扱っている。

完結すれば三部作になるという大作の、これは第一部なので、軽《かる》がるしいことを言うのは慎まなくてはならないが、作者の志すところは既に見えはじめていると思われる。それは神話的な英雄譚の創成である。

登場人物はいずれも実在する（らしい）が、彼等からは性格のこまかい綾が慎重に除去されている。彼等は、自分の際立った長所、あるいは短所でのみ代表させられる。たとえば明治四十一年（一九〇八）の第一回移民船笠戸丸の七八一名のうちの一人である山口佐吉。この男は登場するたびに、その長所でもあり短所でもある大言壮語癖を読者に披露することを忘れないし、一度として悲観的であったことはない。いつもほがらか上天気、楽天的なのだ。また中尾権次郎。兵隊上りで射撃の名手でもあるこの男は、常に豪気である。彼は第五回ペルー移民だが、夏でも越えるのは至難とされるアンデスを冬のさなかに越え、各地でその太い胆ッ玉を讃めたたえられながらアルゼンチン、パラグヮイと放浪したあげく、ブラジル西方奥地の鉄道工事で働き、やがて原生林伐採を請負うようになる。山口佐吉をひょうきんなコトバノミコトとすれば、この中尾は雄々しいチカラノミコトである。

作者はブラジル移民史全体を描き切ろうという壮大な意図を抱いており、そのために数人の人物を、主要人物を主人公、あるいは副主人公と定めて、そのグループの運命を丹念に描くという方法を捨てた。全移民が不充分な主人公であり、しかし充分な脇役である。したがって物語は挿話の連続によって構成される。これもまた神話の方法だ。そして甲の挿話を支えていた人物と乙の挿話を成り立たせていた人物が、めぐりめぐってとんでもない挿話で邂逅するのを見て読者は安堵し、心強くも思う。これは英雄譚のもっとも得意とするところである。

挿話の連続といったが、この第一部では平野運平の興した植民地の挿話がとくに多い。平野植民地をつぎつぎに襲うマラリヤ、バッタ、霜害、旱害などの切ない出来事、そして心労とスペイン風邪による平野自身の死。これらの不幸を叙する作者の筆致は、悲しみに心からの同情をよせながらも、じつに明るい。神話、あるいは英雄譚を語るには、この骨太の明るさが不可欠だろう。

〈心理〉や〈写実〉の実験で疲れ切ってしまった小説から、神話や英雄譚の方法の活用によって脱出しようとする作者の試みを、期待をもって注目しつづけようと思う。つまり読者にとって大きなたのしみがひとつふえたということだ。

（『新潮』一九八二年三月号　新潮社）

時代にこきつかわれた男――『間宮林蔵』吉村昭

間宮林蔵はかわいそうな男である。

常陸国（茨城県）の百姓の小倅《こせがれ》が、利発さを見込まれて幕府の地理調査官の使い走りになる。やがて蝦夷地《えぞち》（北海道）を転々としながら、その間に会得した測量の知識を生かして「樺太《からふと》は半島ではない。一個の島である」ということを世界で初めて明らかにする。そして、やがて彼の名をとって〈間宮海峡〉といわれることになる海峡を渡ってシベリア大陸に足を踏み入れて、黒龍江下流のデレンに設けられていた清国出張所の役人と面会を果たし、当時としては破天荒な探険に成功する。しかも凍傷のために不自由になった手で、あの伊能忠敬も成し得なかった蝦夷全図を完成する。なんとみごとな事業ではないか。外国ならば長官か将軍に出世しただろうが、そのころの日本には、人材を上へ汲み上げる社会的装置が不十分で、林蔵は最下級の役人に取り立てられただけだった。

けれども吉村昭さんは、努力を正当に評価されない人間の悲しみをよく知っていた。わたしたち読者は、紙の上だけではあっても、こういう人間の悲しさを正しく評価してくれている作家のいることを知って喜ぶのだ。

林蔵の後半生はもっとかわいそうである。

日本近海に外国船がしきりに出没し、諸雄藩が密貿易に精を出していた江戸後期、林蔵は常人の二倍の脚力と広い知識を買われて、幕府隠密として全国を歩き回ったが、そのうちに「シーボルト事件の密告者」という汚名をなすりつけられることになる。

オランダ商館医師のシーボルトに伊能忠敬作成の日本地図を贈った書物奉行高橋景保《かげやす》は獄死したあ

とも塩漬けにされた。同じく将軍から拝領した紋服を贈った眼医者の土生玄碩《はぶげんせき》は家屋敷を没収された。吉村さんは書いていないが、高橋景保は見返りに外国地図を、土生玄碩はトラホームに効く目薬の処方箋《せん》を受け取っていた。二人ともわが国の利益のために文物《ぶんぶつ》を交換したのであって、それを密告した林蔵はけしからぬ男ということになる。この汚名は現在も林蔵について回っている。

けれども林蔵は幕吏の服務規程に忠実だっただけだった。作品後半では、この体制に忠実だった男の悲劇が、時代にこき使われた人間の悲しみが、吉村さん独特の無機質で素ッ気ない文章の隙間《すきま》から劇《はげ》しく吹き上げてくる。感動するしかない。わたしたちもまた時代にこきつかわれていることにかわりはないからだ。この作品の中には、わたしたちがいる。

（『小説新潮』二〇〇七年四月号　新潮社）

谷川俊太郎と日本語――絵本をはじめとしての平仮名仕事

オーストラリア国立大学の日本語科によばれて、日本語教師の真似事をしていた時分、私が最も多く受けた質問は、

「外国人のための日本語の教科書で、これはというものが、なにかありますか」

というものであった。あんまり同じ質問にばかり接するので、これはひとつなんとかしなくてはと思い立ち、日本からさまざまな教科書を取り寄せた。だが、どれもこれも曖昧で、日本語を常用する私にさえも、よくわからないものばかりだった。そこで私は日本語科の学生に次のように言わなくてはならなかった。

「残念ながら、日本人はまだ日本語を客体として扱う方法を手に入れてはおりません」

と。

それから五年たった現在《いま》、もし同じ質問を受けたとしたら、私の答はどのようなものになるだろうか。「残念ながら、日本人はまだ……」と同じ台詞を繰り返すのか。そうではない。現在《いま》なら胸を張り、こう答えることができる。

「谷川俊太郎の絵本を、出来得るかぎり集めなさい。谷川俊太郎の絵本から、日本語への接近をはかってください。これが早道です。そして王道でもあります」

と。

たとえば『これは　のみの　ぴこ』（和田誠・絵。サンリード。一九七九年）という絵本をひろげてみよう。この絵本は十五の情景からできているが、情景①には、横書きでただ一行、

これは　のみの　ぴこ

と書いてあるだけだ。そして和田誠の絵は、ぴょんと跳ねる蚤の大描き。頁をめくると情景②。茶色の猫が眠っており、その猫の背中では、蚤のぴこが跳ねている。文章は二行にふえていて、こうである。

これは　のみの　ぴこの
すんでいる　ねこの　ごえもん

情景③になると、その猫ごえもんが尻尾を少年に踏みつけられて仰天しており、文章は三行にふえている。

これは　のみの　ぴこの
すんでいる　ねこの　ごえもんの
しっぽ　ふんずけた　あきらくん

勘のいい方なら、詩人の仕組んだ仕掛けをこのあたりで見破って、にやりとなさるだろう。そう、詩人は、情景がかわるたびに、それまでの文章に新しい一行をつけ加えて行くという大冒険を行っているのである。そこで最終の情景⑮では、文章も十五行になる。

これは　のみの　ぴこの
すんでいる　ねこの　ごえもんの
しっぽ　ふんずけた　あきらくんの
まんが　よんでる　おかあさんが
おだんごを　かう　おだんごやさんに
おかねを　かした　ぎんこういんと

ぴんぽんを　する　おすもうさんが
あこがれている　かしゅの
おうむを　ぬすんだ　どろぼうに
とまと　ぶつけた　やおやさんが
せんきょで　えらんだ　しちょうの
いれば　つくった　はいしゃさんの
ほるんの　せんせいの
かおを　ひっかいた　ねこの　しゃるるの
せなかに　すんでいる　のみの　ぷち

頁を繰るたびに途方もない事件が発生し、新しい人物が登場する。これだけでも印象は強烈であり、絵本の特性を充分すぎるほど生かしているというのに、さらに十五の情景につけられた文章はじつはたったの一個であったという大仕掛けまで仕込まれている。これほど鮮やかで愉快な仕事はちょっと類がないのではあるまいか。

とりわけ注目に値いするのは、一行ずつ文章を貼り合せて行き、それが十五行繫がったとき、全体がただの一個の文章におさまってしまうという魔術が、各要素間の結びつきがゆるく、また各要素の取り外しがきき、継ぎ目の見える日本語の膠着性や添着性を種《たね》とも仕掛けともしていることである。孤立語（中国語、チベット語など）や屈折語（英独仏露語など）でも、このような芸当は可能かもしれぬが、しかし「すべては文末の述語で完結する」膠着語にこそ、この芸当はふさわしい。そしてその芸当を堂々とやってのけたところが愉快なのである。日本語を習いはじめて半年ぐらいたった外国人にこの絵本を贈呈したいと、私は思う。この一冊によって彼は、日本語の成り立ちの、ほとんど根本近くにまで接近できるにちがいないからだ。

ところで、これまでに五十音図を讃め称えた人物を、私は、二人知っている。実際にはもっと大勢いたにちがいないが、管見に入ったのは二人だけである。一人はもちろん谷川俊太郎であり、『あいうえおっとせい』(白根美代子・絵。さ・え・ら書房。一九七八年)のまえがきに谷川は次のように記す。

《あいうえおは、英語で言うとアルファベットにあたるんでしょうか。でも日本語のあいうえおは、アルファベットよりはるかに美しく楽しいと思います。リズムもあれば、音の配列に秩序もある、だからとてもおぼえやすい。これは世界でもめずらしい大発明じゃないかしら。／あいうえおの文字をおぼえることは、もちろんたいせつですが、文字より先に、あいうえおの音の豊かさを、身につけることも負けずおとらずたいせつだと思うんです。ただ棒よみするんじゃなく、その一行一行の、一音一音の表情を味わってほしい。そのためには、あいうえおを、言ってみればひとつのおもちゃとして、親子で遊んでみるのもおもしろいんじゃないかな。／そういう考えかたから、この絵本は生まれました。(以下略)》(「あいうえお讃」)

この絵本における谷川の冒険は、詩のそれぞれに五十音図のどれかの一行を隠すこと(アクロスティック)である。ア行を隠した詩と、バ行を隠した詩とを掲げておく。

あさ
いすの
うえで
えらそうに
おっとせい

ばかで
びじんの
ぶた
べそかいて
ぼんやり

五十音図を讃めた第二の人物は、あの「大」の字のつく言語学者ローマン・ヤコブソンで、彼は幼児のことばを習得する順序を研究しているうちに、《幼児は、最も母音らしい母音である〔a〕からはじまって、〔i〕、〔u〕、〔e〕、〔o〕……という順序で、母音を習得していく。この意味で日本語の五十音図の母音配列は理想的であるといえる。》ということに気づいたのである。谷川がこのヤコブソンの研究を知っていたのかどうかはわからないが、谷川が《これは世界でもめずらしい大発明じゃないかしら。》と書きつけたとき、彼は世界の言語学的成果のもっとも高いところへ軽々と手をのばしていたのだ。詩人の直観は、大勢の、すぐれた学者たちが何十年もかかって到達したところへ瞬時のうちに駆けのぼるときがある。われわれはもっと詩人を大切にしなければならない。この絵本をやはり日本語を習いはじめて半年ぐらいたった外国人に進呈したい。その外国人はたやすく日本語の音韻組織を把握することができるにちがいない。やがて体得せねばならぬ用言や助動詞の活用も、この絵本によって日本語音に存在する、ある経緯の関係をしっかり摑んでいれば、たいした難事業にはならずにすむだろう。

谷川の絵本をもう一冊紹介しておこう。『とと　と　おっとっと』(小林和子・絵。さ・え・ら書房。一九七九年)で扱われているのは同音語である。たとえばこうだ。

のりはあるけど　のりはない　ぶんぼうぐやさん
のりはあるけど　のりはない　おちゃやさん

なぜ、谷川は同音語を主題に絵本をつくろうと思いついたのか。語路合せができて、おもしろくなりそうだと思ったからか。むろんちがう。この詩人はそんな低いところにはいない。おそらく、同音語を扱えば日本語の音的特性がもっともよく現われてくる、と考えたからではないか。

日本語の音韻組織が単純だということ(別にいえば、音節の数の少いこと)は、どなたもよく御存知だ。音節数はわずかの百四十前後である。ハワイ語が世界で一番、音韻組織が簡単で音節数が八十足らずだそうだが、日本語はそれに次ぐ。なんでもハワイ語は、母音は五個で日本語並みだが、子音は七個(h、k、l、m、n、p、w)しかないという。音節数が少いはずである。ただし、現在、ハワイ語を話している人は全部で七五〇〇人しかいないといわれる。わずかの七五〇〇人！　となるとやがて日本語が〈世界で一番、音節数の少いことば〉となるのは、そう遠い日ではないだろうと思われる。ちなみに北京官語の音節数は約四百、英語になると三千数百にも及ぶ。

　この音節数の少いこと、これが日本語に同音語の多いことの理由である。「音」の数が少いから、どうしても同じ音構成のことばが多くなるのである。しかも、その語構成をみると、たいていの語が二音節である。これは、古く行われた手習詞（発音を異にしたあらゆる仮名を集めてひとつづきの誦詩としたもの。いろは歌もそのひとつ）の、

「天《あめ》地《つち》星《ほし》空《そら》山《やま》川《かわ》峰《みね》谷《たに》雲《くも》霧《きり》室《むろ》苔《こけ》人《ひと》犬《いぬ》末《すえ》硫黄《ゆわ》猿《さる》生《お》ふせよ榎《え》の枝《え》を馴《な》れ居《ゐ》て」

を引き合いに出すまでもなく明かだろう。また、われわれが外来語を縮めていう場合、かならずといっていいぐらい「モボ」「モガ」「スト」「デモ」「ルポ」……と二音にすることからもはっきりしている。

「音」の数が少い上に、二音節の語が多い、となると、いっそう同音語がふえるのは当り前である。したがって同音語の多さは、日本語の宿痾（というと悪い意味になってしまうが）ともいうべきものなのである。『とと　と　おっとっと』は、そこをしっかりとおさえている。そこで日本語を習いはじめて一年ぐらいたった外国人にこの絵本を差しあげたいと思う。同音語で悩んだり、また楽しんだりすること、それが日本語を使うということですよ、と穏やかな手引きをするために。

　なお、この小文で扱う範囲からはみだしてしまうが、二音節の語が多いことは七五調や五七調の「五」を日本語にもたらす。なぜならば二音節の語をふたつ、助詞（一音節が多い）で連結すると、

〈2・1・2〉〈2・2・1〉で五となるからである。では「七」はどうして出てきたのか。これは長い証明になるし、すでに他の場所(『波』七九年八月号所載「私家版日本語文法」。新潮社)で書いてしまったから、興味をお持ちの方はそちらに当っていただきたいと思うが、谷川の、瞠目すべき仕事のひとつである「ことばあそびのうた」が、しばしば七五、五七の定型を採《と》るのは、やはりこの日本語の音的特性をよく承知しているからにちがいない。

こうして谷川の、平仮名による仕事の数々は、例外なく読者を日本語の成り立っている大もとのところへ連れて行く。だから日本語の教科書としてこれ以上のものはないのだ。そして日本語を習う外国人に最適だということは、当然、日本人自身にとってもおもしろく、また谷川がよく使うことばを引用していえば、彼は「詩人は思想を薔薇の花のように感じさせなければならない」(T・S・エリオット)ことをよく知っている。そこで彼の、絵本をはじめとする平仮名による仕事は、常に第一級の娯楽性を持つ。私は、谷川俊太郎の平仮名による仕事が心から好きだ。いつも楽しみながら勉強させてもらっている。こういう言い方は彼の気に染まないだろうが、しかしこうしか言いようがない。

(『國文學　解釈と教材の研究』一九八〇年十月号　學燈社)

◇のち、『現代詩読本　谷川俊太郎のコスモロジー』(一九八八年七月、思潮社)に収録された。

ライヴァルにして友人

解　説――世俗大壁画の制作者〔藤本義一著『屁学入門』〕

藤本義一の小説は、そのひとつひとつがおもしろい。最近作でいえば、たとえば『南の海と青い空』(「小説CLUB」'80・五月号)などは破天荒なおもしろさである。主人公は布留川一夫という警官作家(!)で、月産八百枚以上もの短篇、中篇を量産するかたわら、大阪府警本部の広報室できちっと勤務に励《はげ》みもする。決して休んだりはしない。その上、夜は同僚や下役を引き連れてキタやミナミを飲み歩くというのだから、「あんなに精勤し、よく飲み歩き、それでよく八百枚も小説が書けるなあ。あれは人間ではない。スーパーマンだ」と周囲はただただ魂消《たまげ》ている。

たしかにこの設定は愉快だ。読者はこの主人公の奔放自在ぶりを充分にたのしむことができる。だが藤本義一の藤本義一たる所以《ゆえん》はこの先の設定のひねり具合にあるのであって、布留川一夫という流行作家はじつは、一行も小説を書いていないのである。小説を書いているのは彼の女房なのだ。ここにいたってこの小説はいっそうの喜劇性と、そして苦味を持つに至る。布留川の小説が世間の喝采《かっさい》を博すればその分だけ、彼は女房に頭があがらなくなるわけで、小説の後半は、その彼がいかにして女房の重圧のもとから飛び立って真の自由を獲得するかに力点がおかれる。オチもまた人を喰《く》ったものであるが、そのオチまで書いてしまっては読者の特権を横合いからさらうことになるから、ここではさし控えておく。とにかくそのへんの劇画が四、五本、束になってかかってもかなわないほどおもしろい。近ごろの劇画はカスが多い。なぜあんなカスの多いものが売れて小説雑誌が売れないのか、よくわからない。読者はどうも活字を読むのが面倒になってしまっているらしいが。

八つ当りはやめて本筋に戻っていえば、この『南の海と青い空』には、強い女と弱い男といういまの時代に際立つある感覚がしっかりと摑《つか》まえられている。

一方、藤本義一はほとんど時を同じくして『女囚犯歴簿・花電車九十九折《つづれおれ》』(「問題小説」'80・六月号)という題の中篇を発表している。伊勢湾に面した観光地で花電車の実演で生活する中年女の殺人を扱った「重い」小説である。「重い」というのは、ここで藤本義一の扱っている主題のことで、表現の方法は練り上げられており、適確で、かつ読みやすい。資本《もとで》のかかった情報や知識を各所に散りばめながら、ひとりの中年女が再婚の夫を殺すに至る心理が、リズム感に溢《あふ》れる文体で追求されて行く。そして読み終ったとき、われわれ読者は、知らず知らずのうちに、たとえば「人間にとっての性」といったようなことについて考えている自分を見出す。この小説における各場面の臨場感の生々しさというものはテレビの実況中継の比ではなく……、とまた他の大衆芸術への八ツ当り気味の文章になってしまったが、藤本義一の小説のおもしろさを言うために、他を引き合いに出すのはよそう。それは卑怯《ひきょう》なやり口だし、かえってこの作家をはずかしめることになるだろう。藤本作品のおもしろさは、他と関係なくそれ自身で堂々と立っているのだから。

この一冊に収められた小説群には触れようともせず、筆者はなぜ前記のふたつの最近作について喋々《ちょうちょう》したのか。その理由は、とりあえず二つある。読者はいまこの一冊を手に入れられた。店頭の立ち読みでこの解説に目を走らせている方もおいでかもしれぬが、それを勘定に入れずに言えば、いずれ本篇をお読みになるだろう読者に差出がましい口をきいてはかえって迷惑だろうと考えたことがまず第一。第二に筆者は、「藤本義一の小説は、最近作もまたおもしろいぞ」と強調したかった。べつに言えば「この作者は常に平均点以上を稼《かせ》いでいる手練《てだれ》者である」と強調したかったのである。あるいはさらにこう言うべきか。「藤本義一は下痢的作家である。したがってぞくぞくと作品を生み出す。このタイプの作家の仕事は、一作ごとに名作を、とふんばる便秘症的作家の仕事とちがって、その全作品群とつきあった方がよい」と。つまり、鋭敏な時代への感覚、そして新鮮な情報と知識、このふたつを得物《えもの》とするこの作家の仕事は、ひとつひとつのおもしろさもさることながら、「全仕事」としてまとめて見る方が正しいのだ。この作家の全作品を自分の周囲に積みあげて片っ端から読破して行くこと。そのことによってのみわれわれはこの作家の真価にふれることができる。なぜなら、この作家は小説による戦後史を目論《もくろ》んでいるのだから。戦後の日本に生きた、そして現に生きているありとあらゆる庶民、その一人一人を小説に仕立て、その総和(わかりやすく言えば、後年、編まれるにちがいない「完本・藤本義一全集」のこと)が、全戦後史とほとんど釣り合うものとなす、これがおそらく藤本義一の狙いではないのか。となると、一作や二作を読み、それでこの作家はこうだ、と決めてしまってはいけない。筆者はそう信じており、それ故に、藤本義一の小説をあまり読んだことのない人たちのために、余計な老婆心と非難されるかもしれぬが、新作の梗概《こうがい》をふたつ付け加えたのである。くどいようだが、この作家の小説をよりおもしろく読むには、より多く藤本作品を味わっておく方がいい、それがたとえ梗概であっても。

ここで西鶴を持ち出すと藤本ファンはにやりとするだろう。さらに「西鶴の全作品を通読すれば、元禄という時代がまるごと理解できるように、藤本義一の全作品を読破すれば、この『現在《いま》』という時代がまるごと理解できる」と記せば、藤本ファンはもうひとつにやりとするにちがいない。しかし一方では、藤本ファンに軽蔑《けいべつ》されもするはずである。「藤本義一自身、事あるたびに西鶴について敬愛の念のこもったコメントを行っている。井上某は、だから藤本義一の褌《ふんどし》で相撲をとっているだけだ」と。

そこで筆者は、別の先達にこの作家をなぞらえたい。筆者はこの作家がバルザックに似ていると日頃から考えている。と書くと、バルザックと藤本義一とが同時に目を白黒させるだろうが、たとえばバルザックはその『人間喜劇』全体で約千人の登場人物を創出した。「一世代とは四、五千人の顕著な人物の登場するドラマである。そのドラマこそ私の作物である」(イポリート・カスティーユあての手紙)というのが、この大文豪の最初の構想だったが、実際はなかなかそうも行かず、千人にとどまった。しかしこの千人の織りなすドラマが当時の社会の綜合的壁画となった。藤本義一の作品群では「顕著な人物」のかわりに「俗の中の俗である平凡人」が何百となく登場して、戦後日本の世俗大壁画をなしつつある。十四歳で進駐軍の拳銃を盗み出して生計を立て、同じ歳で娼婦を買い、煙草《たばこ》を喫《す》い、ヒロポンを打ち、更生(?)して大学に入るや戯曲やラジオドラマの懸賞募集に次々に応じて輝く投稿王となり、卒業後は三千本の脚本を書き、いまもなおテレビの深夜ショーの司会者として「風俗」というものを睨《にら》みすえているこの作家に世俗大壁画の制作はなんと似つかわしいことだろう。となればつまりはこうだ。「この一冊に収められた数篇の小説は、その大壁画のための数個の色つき石である」

と。
この数篇は、「色つき石」のまま読んでもおもしろいが、やがて大壁画完成のあかつきには、場所を得てさらにその輝きをますはずである。

（藤本義一著『屁学入門』角川文庫　一九八〇年六月）

俳諧味といい女　〔「日本の作家」の横顔　藤沢周平〕

前まえから藤沢周平さんの小説が好きでした。おさえた筆でさり気なく書きこまれた江戸市民の日常生活、彼等を見舞う小さな運命の波、その運命とけなげにたたかう人びと。どこへも行くあてのない雨の午後、ピーナツと番茶を友として藤沢小説を読みすすむと、まるで自分が江戸庶民のひとりになったような、豊かでしみじみとした錯覚におちいることができます。

その藤沢小説がここへきて、従来にもまして一段とおもしろくなってきました。同好の士なら、この意見にきっと賛成してくださるにちがいありません。理由はとりあえず二つ考えられます。なにはともあれまず滑稽味が大いにましてきました。滑稽味などというと〈ドタバタと埃が立つ、俗悪なもの〉という誤解を生じかねませんから、ここはちょっと渋く、俳諧味といい直した方がよろしいかもしれませんが、それはとにかく会話《やりとり》や描写にはむろんのこと、俳諧味は登場人物の体質のなかに仕込まれ、さらに物語構造の中心にまでなっています。臆病この上ない侍が、その人並み外れた臆病さによって、かえって名剣士である、という物語があります。彼は臆病だからこそ外界に鋭敏にならざるを得ないのです。この小説にはハラハラし、そして何度も吹き出しました。しかもこの臆病な名剣士のあれこれは彼の妻の視点から語られているので、俳諧味に奥行が出て、滑稽味が二重になっていました。読者のひとりとして、おもしろいな、うまいなあ、とただ唸ってばかりいました。

つぎに、藤沢小説にこのごろ「いい女」がぞくぞく登場するようになりました。とくにちょっと癖はあるけれど、根は人のよい小年増ときたら、藤沢製の「いい女」にとどめをさします。日本の小説家でこれだけみごとに「いい女」を書ける人は、ずいぶん数が少ないとおもいます。「いい女」と逢うために、このごろは雨の日でなくとも、藤沢さんの小説にしがみついております。


（『小説新潮』一九八一年十一月号　新潮社）

塩引きの鮭

藤沢周平さんに初めてお会いしたのは、たぶん昭和五十一年（一九七六）の秋か、翌年の春、オール讀物新人賞選考会の席であったと思われる。選考委員会が一新。委員が、城山三郎さん、山田風太郎さん、古山高麗雄さん、藤沢さん、そしてわたしの五人になったのだった。以来、公式の席（オール讀物新人賞、直木三十五賞、山本周五郎文学賞、朝日新人文学賞の各選考会）で、二十四、五回。対談と鼎談が各一回ずつで、お目にかかった回数は、合わせて三十回にも満たない。

私的なものとしては、心覚えの帳面で見るかぎり、わたしの芝居を観にこられたときに、小屋がはねてからコーヒーをのんだことが三回あるだけだ。そういうわけで、藤沢さんと交わした私的な会話を四百字詰原稿用紙に余さず詰め込んでも、百枚には達しないはずである。そして頂戴した葉書も十数葉を数える程度……。そうたいしたおつきあいがあったわけではない。他にもっと親しい方があったはず。

これでは追悼文を書く資格を欠くと考えて、そのことを「オール讀物」編集長の鈴木文彦さんに申し上げると、こんな答をいただいた。

「それでも、おつきあいのあった方なのではないでしょうか。それに井上さんは同県人でもいらっしゃるし……」

こっちは、たいした交際もしていないと信じ込んでいたのに、客観的には、それがそうでもなかったらしいということ。このあたりに藤沢さんの真骨頂がある。鈴木さんのひと言から、可能なかぎり、いわゆる文壇村での交際から遠ざかっておいて、そうして浮かした時間と体力を、あげて小説創作に捧げつくした一人の小説家の像が浮かび上がってくる。厳しい生き方をまっとうした方に、拙《つたな》いながらも精一杯の誄《るい》詞《し》を捧げるのも生き残った人間の仕事かもしれないと思い直して、この文章を綴っている。

もう一つ、山形県人の一人として、藤沢さんにお礼を述べる機会であるとも考えはじめていた。この間も郷里へ帰ったら、文学好きの中学校長が、

「山形県に誇るべきものが五つある。一に才一、二に周平、三、四がなくて、五に桜桃《おうとう》」

と言っておられたが、まことにその通りで、お二人の存在がわたしたち同県人の心の重石《おもし》として、どれだけ大事なものであるか、他県の方方には、おそらくお分かりになるまい。盛岡人は、

「岩手に誇るべきものは少ないが、しかし、それでもこの県は宰相を五人も輩出しているのですからな」

と言い言いして不味いお酒も美味しく呑む。そこでこっちも心得て、

「なにを仰《おっ》しゃる。こちらには、他にも、大槻文彦、石川啄木、金田一京助、野村胡堂《こどう》、宮澤賢治とそれこそ多士済済じゃありませんか」

と言ってさし上げると、お顔をくしゃくしゃにして酒を注いでくださるのであるが、同じように山形県人は何かというと、才一、周平、お二人の名を挙げて酒席での極上の肴として、またなによりの誇りともしているのである。これに添えて、

「他にも、山形はリンゴに洋梨、葡萄にラフランスなど果物の大宝庫で、こちらでとれない果物は蜜柑とバナナだけだそうですな」

と言ってあげれば、山形県人たちも相好を崩し、たぶん家屋敷を抵当に入れてでもといった気合いをもって客人を大歓待するであろう。そういうわけだから、山形県人の一人としてひと言お礼を申し上げるべきだと考え、こうやって益体《やくたい》もない文章を書いているところだ。

ところで、藤沢さんとお目にかかったなかで少しばかり変わっていたのは、直木賞選考会の当日に、藤沢さんと選考会場近くのホテルのロビーに落ち合って、小一時間ぐらいかけてのんびりお茶をのむという習慣があったことで、お茶をのんだあとは、時間を見計らってゆっくり歩きながら会場へ出かけて行った。これは昭和六十一年(一九八六)一月から十二回ぐらいつづいたとおもう。

もちろん、前もって集まってひそひそ声で、「この作品を二人で推そう」といったような下相談を打《ぶ》っていたわけではなかった。近ごろおもしろく思った映画や推理小説についてたがいに教え合ったり、体調を訊ね合ったり、好きな食べ物の話をしたり、そのあいまに何となく、「今回の候補作の中で感心したのは、この作品ですな」などと、ちらっと意中作の題名を小出しにしたりして、雑談をた

のしんでいたのだ。なぜ選考会の直前に落ち合って茶を喫することにしたのかは分からない。たぶん、直《じか》に会場に入って行くよりも、そうやって雑談をしておいた方が気をらくにして選考にのぞむことができるのではないかと、どちらかが考えたのだろう。

その間《かん》、今もあざやかに記憶にのこっていることが二つある。一つは、たしか二回目の会合のこと。その数週間前に離婚していたわたしに会場に向かって肩を並べて歩いていた藤沢さんがポツンと呟くようにこう言われたのである。

「生き別れは、まだしあわせなのではないでしょうかね。今となっては死別でなかったことに感謝なさったらいいと思いますよ。死別の悲しみはあとを引きますからね」

えっとなって足を止め、藤沢さんを見た。

「錆は鉄を腐らせ、悲哀は人を腐らせる、と言ったのはたしかシェークスピアだったと思いますが、まったく死別というやつは、人を永い間、悲哀の淵に閉じ込めておくもので、その淵から抜け出すのにずいぶん時間がかかりました」

「……奥さんを亡くされたんですか」

そう訊ねたのは、その時分はまだ藤沢さんの年譜が明らかにされていなかったし、またこの人は御自分のことをほとんどお書きにならなかったからだった。初耳だったのである。

「ええ、若いころにね。もっとなにかしてやれたことがあったのではないかと、今でも心がすっと過去へ引っ張られて行くときがよくあります。そして、そう思ったところでもう取り返しがつかないという底無しの無力感にさいなまれる。これはつらいですよ。しかし生き別れなら、失礼な言い方かもしれませんが、その心配はない。そんなわけですから、元気を出してくださいよ」

なるほど、そうだったのか。初期の藤沢作品では、主人公と心を許し合った女性が、主人公より先に死ぬ、あるいは殺されるという物語構造がじつにしばしば見られ、そのことが読者に「還らない時間」の悲劇的な重みを切なく甘く訴えかけて来、それが藤沢作品の魅力の一つにもなっているが、あれはつまり「実録」だったのだ、とそう納得したことを覚えている。

もう一つは、塩引きの鮭の話をすると、これがよほどお好きだったとみえて、藤沢さんの寡黙な舌が別人のようによく動き出すということ。この塩引き鮭、塩ジャケについては少し説明が要るかもしれない。今の塩ジャケは「塩」の一字は飾りも同然、まるで麩《ふ》でも嚙んでいるように頼りなく味気ないが、かつて塩ジャケはそんなヤワな代物《しろもの》ではなく、あれは一個の猛者《もさ》だった。金網で焼くと呆れるほどいっぱいに塩が吹き出し、薄い切身一枚で御飯を五、六杯おかわりできそうなほどしょっぱく、ギリギリと塩味がきつい。とりわけ腹のあたりに脂《あぶら》がたっぷり残っていて、ここから吹き出す塩は黄色である。

山形県では、これを一本、台所につり下げておき、寒中の脂肪源にする。つり下げておくのは猫を防ぐためである。なにより美味しいのは、これが弁当のおかずになったときで、昼、教室で弁当を開き塩ジャケを蓋に取り分けると、その塩ジャケの載っていたあたりの御飯が薄く黄色に染まっている。ここに塩味と脂がしみこんでいて、これがじつにうまかった。

この話になると、藤沢さんの目がかすかに潤み出し唇がなんとなく濡れてくる。そして藤沢さんがこう言って締めくくるのがきまりだった。

「ああいう塩ジャケにこのところ出会ったことがないのですが、どうしたんでしょうね」

「ええ、まったくシャケな話ですな。もう一度、あの塩ジャケ弁当がたべたいなあ」

「どこかに残っていませんかね、あの塩ジャケが……」

「探してはみるんですが、絶えて噂を聞きませんよ。ぜんぶ猫に食われちまったんでしょうか」

「あるいはそうとも考えられます」

話のおしまいに、いつもこのやりとりを繰り返して飽きることがなかった。芝居のあとでお目にかかるときも、話題は決まってこの塩ジャケ弁当で、他に一度、

「もう一つ、おいしかったものは、カステラの身と皮の間のところです」

という話が出ただけだった。そして別れぎわの挨拶はどちらからともなくこういうのがきまり。

「あの塩ジャケが見つかったら、知らせますからね」

この間、岩手釜石の人に、ギリギリと塩味のきつい塩引き鮭ありませんかと聞くと、注文してくだされぱすぐにも作りますという。わたしはほとんど愕然とし、次に早く聞くんだったと後悔し、そしてもう遅いという無力感にとらわれた。

「還らない時間」

注文通りの塩引き鮭ができてきても、もうその切身は甘く切ない味しかしないだろう。


（『オール讀物』一九九七年三月号　文藝春秋）

◇のち『藤沢周平のすべて　完全編集版』（一九九七年十月、文藝春秋）、『藤沢周平全集　別巻　人と

その世界』（二〇〇二年、文藝春秋）に収録された。藤沢周平は一九九七年一月二十六日没。

海坂藩御城下絵図の作り方

数日前、散歩のついでに例によって駅前の書店で雑誌を立ち読みしていると、古い時代小説の中によく出てきた、

「卒爾《そつじ》ながら……」

という表現にぴったりの動きでこちらにすっと近づいてきた青年がある。ネクタイの結び目がしっかりと頸元を飾り、靴は濡れたようにしっとりと光っている。ちゃんとした会社のちゃんとした社員にちがいない。「卒爾ながら」とは、昔風の時代小説で、他人に声を掛け、ものを問うときなどに用いる常套《じょうとう》の挨拶《あいさつ》文句である。突然で失礼ですが、といったような意味だ。

「藤沢周平さんの小説をお読みになるとき、かならず地図をおつくりになるそうですね」

以前、藤沢周平全集の月報に「海坂《うなさか》藩御城下絵図」なるものを載せていただいてから、路頭で車中で食べ物屋の店内で、わたしは同じような質問を、半年に一度ぐらいの割合で、受けるようになっていた。半年に一度。かなりの頻度である。これは全集の読者が多いことの一証左になるだろう。

「かならずということはありません。ただ、海坂藩物については、たいてい傍《かたわ》らの紙切れにメモをとりながら読むようにしていますが」

「なぜですか」

「別にこれといった理由もありませんが、強いてこじつければ、一に、地図好き。二に、メモをつ

けるとなれば、その都度、読む楽しみを中断しなければなりませんが、それがいいんですな。いい本を読み終わるというのは淋しい。それでその淋しさをできるだけ先へのばそうとしているのでしょうね。幼いころ、アメ玉が溶けてなくなるのを惜しんで、ときどき口の外へ取り出して眺めたりしていましたが、それと同じ心理です。三に、わたしには、できれば海坂藩の御城下に住み込みたいという願望があります。あそこはどうも馬鹿にいいところのようですから、あの御城下の一員になって、小《こ》茄子《なす》の浅漬かなんかたべてみたいと思うんです。そのためには地図が要《い》りましょう。ま、そんなところでしょうか」

「その地図ですが、どういうふうに作ればよろしいんでしょうか」

ちょうど喉《のど》も渇いていたところだったので、その青年を近くの喫茶店に誘って地図の作り方を伝授した。藤沢さんの愛読者の方方のお役に立たないこともないだろうと思うから、そのときに行なった説明を、箇略にまとめて書き付けておくことにしよう。

たとえば、名作『蟬《せみ》しぐれ』の最初の章「朝の蛇」。ここはわたしのような地図づくりにとってはぞくぞくするほど興奮する章であり、この章の見えない主役は五間川である。読めば、そうとすぐ分かるから、チラシの裏でも反古《ほご》紙でも何でもかまわない、それを名刺大に切って、五間川についての記述を〈一枚に一件〉の原則を守りながら書き付けて行く。

主人公牧文四郎の住む普請組の「組屋敷の裏を小川が流れていて」「城下からさほど遠くない西南の方角に、起伏する丘がある。小川はその(丘の)深い懐から流れくだる幾本かの水系のひとつで」「流れはひろい田圃を横切って組屋敷がある城下西北の隅にぶつかったあとは、すぐに町からはなれて蛇行しながら北東にむかう」「末は五間川の下流に吸収されるこの流れ」そして五間川は「市中を流れ」「荷舟が往来する大きな川」である。

ここまでの六枚の紙切れをよく睨《にら》めば、五間川を中心にした御城下の粗い地図が描けるはずである。

さて、昼過ぎから文四郎は「鍛冶町にある空鈍流の石栗道場に行く。それが日課だった」。稽古《けいこ》が終わると少し歩く。「道場がある鍛冶町から、裏道を少し歩くと五間川のひろい河岸通りに出る」文四郎たちは五間川の「あやめ橋の橋袂の上流にある石置場に入りこんで、腰をおろした」。

ここでの文四郎たちの話の中に、「江戸は海坂城下から百二十里のかなたにある」という重要な記述がある。こういうのは赤鉛筆で書き留めておく。地図づくりたちにとって、なによりもうれしいのは次のような下りである。

話しこんでいるうちに日は西山。「日は対岸の家家のうしろに落ちてしまって、五間川の上流にのぞいている野のあたりに、かすかな赤味をのこすだけになっていた。家並みのうしろ、西南の方角に黒く盛り上がって見えるのは城の木立である。そしてこれだけ位置がはなれているのに、眼の前を流れる五間川は城の外濠とされていた」

物流の中心、五間川と、政治の中心である御城が判明したところで、新聞紙大の紙に五間川と御城とを鉛筆で描きこみ、川の東側にある鍛冶町や石栗道場や石置場を描きいれる。川と城が分かればもう大丈夫、読み進むにつれて海坂の御城下の詳細がゆっくりと浮かび上がってきて、その快感たるやなにものにも代えがたい……。

「ありがとうございました」

青年は勘定書を摑《つか》んで立ち上がった。

「お礼がわりにコーヒー代は、ぼくに持たせてください。おかげで上海《シャンハイ》では退屈しないですみそうです」

「ほう、あちらへいらっしゃるんですか」

「この春、転勤するんです」

出ていく青年の背中が心なしか淋しかったのは、たとえ全集を読みつくして、現在ある海坂藩物をもとにいかにみごとな地図を作りあげようとも、藤沢さんがもう新作をお書きになることがない以上、やがてその地図づくりの作業にも終わりがくるはずだと気づいたからにちがいない。思いは同じである。わたしはそれから小一時間近く、喫茶店の椅子《いす》にぼんやり坐ったままでいた。

(『小説現代』一九九七年三月号　講談社)

◇右の文中には「海坂藩御城下絵図」とあるが、一一二頁にある通り、実際に掲載された地図のタイトルは「海坂藩・城下図」である。

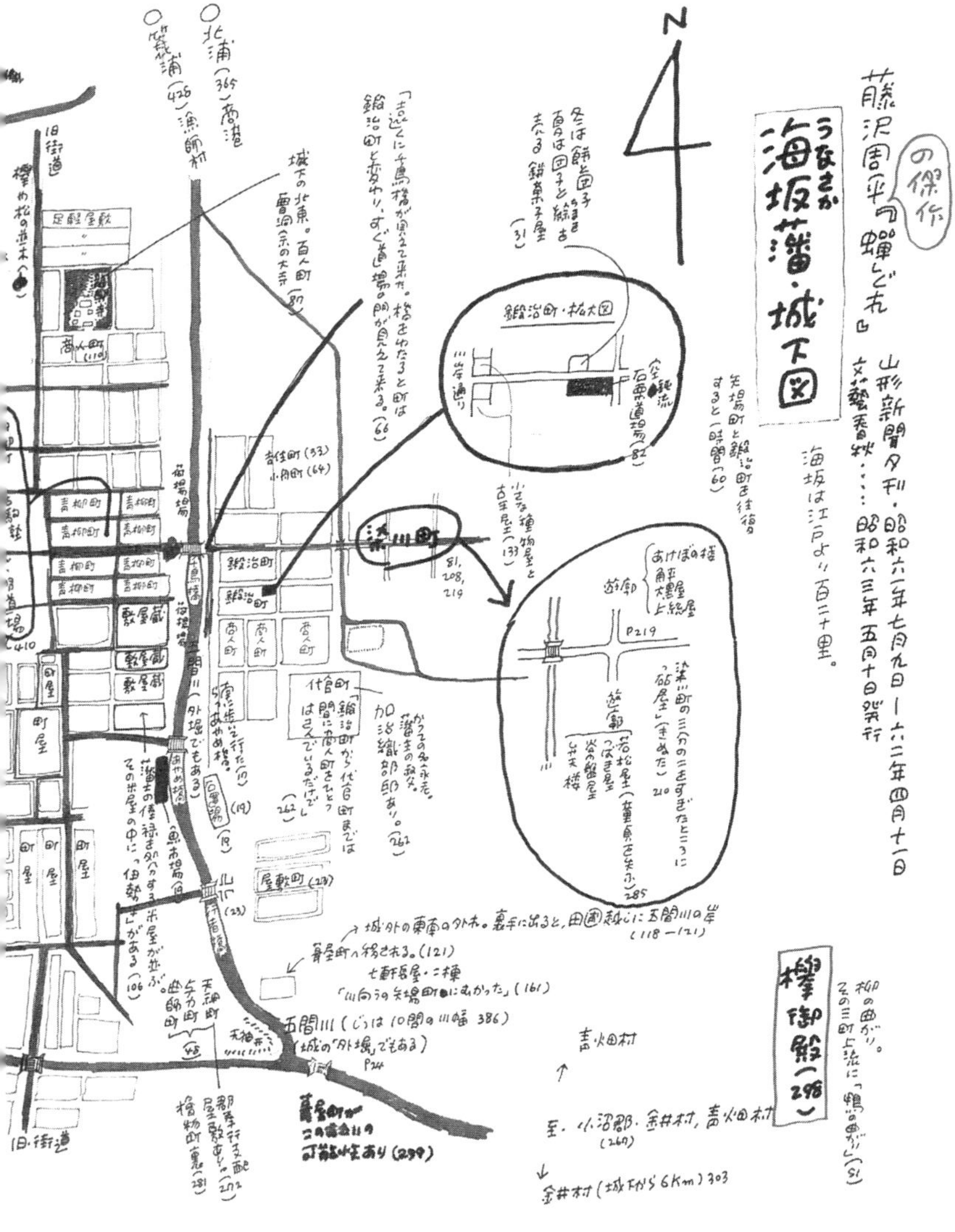

藤沢周平の傑作『蟬しぐれ』
うなさか
海坂藩・城下図
山形新聞夕刊・昭和六一年七月九日―六二年四月十一日
文藝春秋・・・・昭和六三年五月十日発行
海坂は江戸より百二十里。
N
冬は餅と団子
夏は団子と粽《ちまき》
売る餅菓子屋(31)
「ほど近くに千鳥橋が見えて来た。橋をわたると町は鍛冶町と変わり、すぐ道場の門が見えて来る。(66)
城下の北東。百人町
曹洞宗の大寺(87)
北浦(365)商港
竹浦(428)漁師村
旧街道
欅の松の並木
足軽屋敷
商人町(110)
鍛冶町・拡大図
川岸通り
空鈍流
石栗道場(82)
矢場町と鍛冶町を往復すると一時間(60)
小さな鐘物屋と古手屋(133)
吉住町(33)
小舟町(64)
荷揚場
染川町
81, 208, 219
鍛冶町
鍛冶町
青柳町
千鳥橋
商人町
代官町
「鍛冶町から代官町までは間に商人町をひとつはさんでいるだけで」(262)
加治織部邸あり。(262)
かつての名家老。藩主の叔父。
あけぼの楼
角平
大黒屋
上総屋
P219
染川町の三分の二をすぎたところに「砥屋」(きぬた)210
若松屋(葉頁さん!)285
つばき屋
谷の家盤屋
山吹楼
屋敷町(23)
町屋
敷屋敷
五間川(外堀でもある)
藩士の俸禄米を扱う米屋が並ぶ。
その米屋の中に「伊勢屋」がある(106)
魚市場
山仏(23)
城外の東南の外れ。裏手に出ると、田圃越しに五間川の岸(118―121)
普請組屋敷・二棟
長屋町へ移される。(121)
「川向うの矢場町にむかった」(161)
五間川(じつは10間の川幅 386)
(城の「外堀」でもある)
P24
天神町
与力町
曲師町
天神森
郡奉行支配屋敷あり(272)
檜物町裏(281)
葺屋町が
この藩会11の
可能性あり(239)
青畑村
至・小沼郡・金井村、青畑村(267)
金井村(城から6Km)303
欅御殿(298)
柳の曲がり。その三町上流に「鴨の曲がり」(51)
旧街道

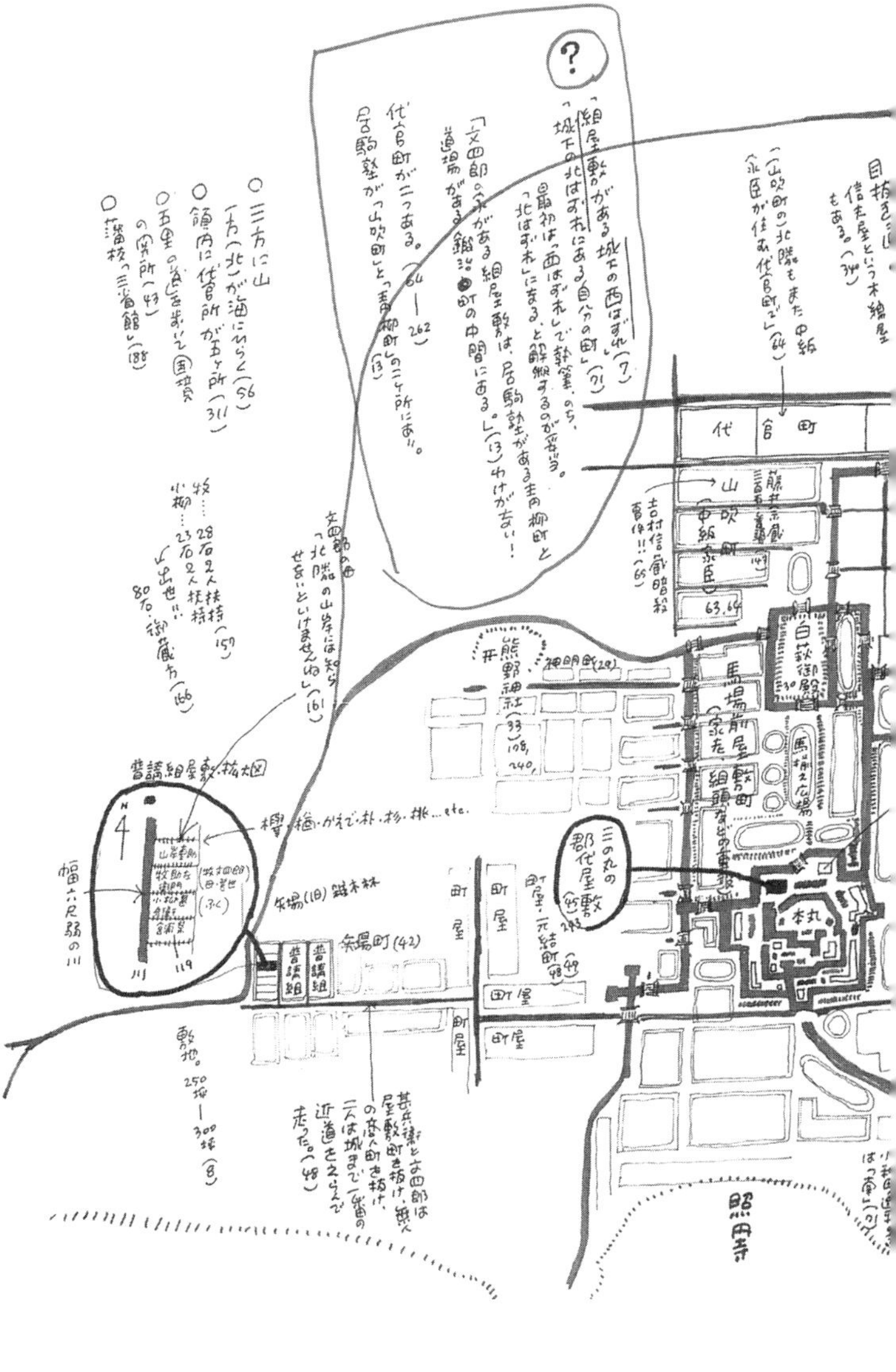

(『藤沢周平全集 第二十巻』月報 一九九二年十一月 文藝春秋)

◇のち、藤沢周平特集の多くの雑誌、書籍に再録されている。

弔辞　海坂藩に感謝――別れの言葉にかえて

藤沢周平さん。藤沢さんが新作を公になさるたびに、私は御作に盛り込まれている事柄を、私製の、手作りの地図に書き入れるのを日頃のたのしみにしておりました。とりわけ海坂藩城下町の地図は十枚をこえています。そのたのしみがいま、永遠に失われたのかと思うとほとんど言葉がつづきません。

海坂藩七万石。御城下の真ん中を貫いて流れる五間川。その西の岸近くにそびえ立つ五層の天守閣。五間川には大きな橋が三つかかっていて、北から順に千鳥橋、あやめ橋、そして行者橋。一番北の千鳥橋を東へ渡る道は鍛冶町から染川町へとつながります。私はこの通りが好きでした。まず、千鳥橋の東のたもとには、冬は餅と団子、夏は団子とチマキを売る小さな餅菓子屋があります。染川町に入ると、北にあけぼの楼、大黒屋、上総屋、南に若松屋、つばき屋、弁天楼といった娼家が軒を並べる遊廓になります。とりわけ若松屋が大好きで、海坂藩の若侍たちはたいていこの若松屋で童貞を失うのでした。

御城下には暗い陰謀がつねに渦を巻いています。格段の悪者がいるわけではないのですが、人間が人間と関係し合うと、そこに小さな邪念が生まれ、その小さな邪念が人の網をかけめぐるうちにいつの間にか、すさまじいまでの争いにまで育ってしまうようでした。その中で、男たちはそれぞれの筋目を守ろうとして少しずつ汚れて行き、女たちはそういう男たちの重みをしっかりと軀で支え、心で励ますのでした。

それぞれの分を守りながらその筋目を通そうとする男たち、それを躯と心で支える女たち。この人たちが、藤沢さんの端正で切れ味のよい、それでいてやさしくしなやかな文章でくっきり浮び上がってくると、どんな人物もとてもなつかしく見えてくるからふしぎです。なつかしさが高じて、今は全員がそれぞれ私の理想像になってしまい、いつの間にか、この海坂の御城下が私の理想郷になりました。これからも日常の俗事で疲れ果てるたびに、御作の海坂藩もののどこかを開き、千鳥橋東詰の餅菓子屋で買ったたまり団子を頬張りながら例の若松屋の前あたりをぶらついてみることにいたします。私と思いを同じくする人もまたこの世の末まで後を断たぬはず。こうして藤沢さんのお仕事は永遠に市塵の中を、巷の塵の中を生きつづけ、屈託多い人びとを慰めるはずです。

藤沢さん、私に理想郷海坂を与えてくださってありがとう。藤沢さん、いまあなたがどこでこれを聞いておいでか私にはおよその見当がつきます。お城の南の高台にある円照寺近くの小さな家の縁側で、蟬しぐれの中、海坂名産の小茄子の浅漬を召し上がりながら、にこにこしていらっしゃるのではないのですか。小茄子の浅漬は山形の名物、私の好物でもあります。少しのこしておいてください。おっつけ私もそちらへ呼ばれますから。

一九九七年一月三十日

井上ひさし

書き終えたところへ妻が顔を出し、「そんなことをいって、仙台の長茄子、大坂の水茄子、シチリアの茄子のスパゲッティはどうするんだ」と一喝しましたので、そちらへ参るのは、少しおくれるかもしれません。が、一粒ぐらいは食べのこしておいて下さいますように。

（『文藝春秋　臨時増刊　藤沢周平のすべて』一九九七年四月　文藝春秋）

◇のち、『藤沢周平のすべて　完全編集版』（一九九七年十月、文藝春秋）に収録された。

藤沢さんに食い下がった話

平成二年、「米の自由化反対」の文章をしきりと書き散らしていたころのこと、藤沢さんが新宿紀伊國屋ホールへ拙作を観にきてくださったことがある。かねてから、

「生来の出不精で、二タ月に一度ぐらいしか都心に出てこない」

とおっしゃっていたから本当にありがたく、小屋がはねたあと、「どこかで食事でも」とお誘いした。すると、

「コーヒーがいいですね。なにしろ大好物ですから」

というお答え。そこでおいしいコーヒーを出す店へ案内した。

そのときまでに、わたしはすでに藤沢さんのお書きになるものを通して、

「この小説の達人も米の自由化反対論者の一人である」

ということをよく知っていた。たとえば、藤沢さんはこんな風にお書きになっていたからである。

〈（師範学校の寄宿舎で）御飯が炊き上がると、私たちは火鉢のまわりに集まって茶碗に盛りわけ、おかずなどというものもなく黒っぽい岩塩をふりかけて喰べた。この粗末な夜の食事が、この上なく

おいしく思えたのは、それほど空腹がひどかったということだろう。（中略）その後私は長いこと、どんなにおいしいご馳走をならべられても、あのときの岩塩で喰べた御飯の味にはおよばないな、と思う癖から抜けられなかったのである。いまも、日本に米があまっているとは何としあわせなことだろうと思い、減反などということを聞くと、そんなことをして大丈夫なのかと不安になる。〉（「偏った記憶」）

〈テレビで、評論家と称する人が主食である米も工業製品も一緒くたに論じているのを聞いた、あきれて物も言えなかった。（中略）私たちは、徹底して米と工業製品はべつだということを言い立てて、自由化に反対するしかない。〉（「農業の未来」）

後の方の文章は、穏やかな筆致でエッセイをお書きになるのが常の藤沢さんとしては、じつに珍しいほどの強い言い方になっている。言葉は悪いが、そこにつけ込んだ。

「今度また米の輸入自由化反対の意見広告を出そうという動きがあるんですが、藤沢さんも仲間にお入りになりませんか」

藤沢さんは、うーんと唸《うな》って、やや沈痛な表情になり、やがてこう仰《おっ》しゃった。

「いや、いけません。じつはどうも自由化反対の大合唱に乗り切れないところがあるんですよ」

「失礼を承知の上で言いますが、それはちょっと形式主義が過ぎるのではないでしょうか」

すかさずそう食い下がった。もちろん、前出の「農業の未来」の中で、藤沢さんが次のように書かれているのを読んでいたからだった。

〈輸入自由化反対は正論である。だが反対は、首尾よく自由化を阻止し得たあかつきには、日本の

農業はこのように繁栄するぞという、今後についての青写真を持っていなければならないだろうと私は思う。〉

反対のための反対はよくない、反対するには対案を併せて示さなければならない。これもまた正論である。しかし、ときには反対のための反対だけを叫んでも許されるときがあるはずだ。

「台所から火が出て、その火が大黒柱を伝わって今まさに天井まで届こうとしている。こんなときはまず火を消すのが先だと思うがなあ。焼けたあとに建て直す新しい家の設計図ができないうちは火を消すのに反対であるなんて言ったら滑稽至極じゃありませんか。今、目の前で子どもが餅をのどに詰まらせて目を白黒させている。そのときも餅を取り除いてやるのが先でしょう。この子のこれからの教育方針が決まらないうちは、餅を取り除いてやることには乗り切れないだなんてなんだか妙じゃありませんか」

このとき、藤沢さんはなぜかにっこり笑った。

「いかにも井上さんらしいレトリックですね。でも、わたしは戦争中に一度、ひどく懲りているんですよ。というのは、中学時代に、クラスの友だちをアジって予科練の試験を受けさせたことがあるんです。戦後、無事で帰ってきたからよかったものの、そうでなければ危うく言葉による殺人を犯すところでした。それからあとは、わたしは右であれ左であれ何であれ、他人をアジることだけは二度とすまいと決心したんです。ですから意見広告に加わりたくないのです」

あいかわらず穏やかだが、穏やかな中に一本ぴんと芯の通った言い方だった。そしてわたしはそのとき突如として悟ったのである。

この小説の名人が時代小説の枠を借りておいでなのは、ここだ、ここに秘密があったのだ。現代物を書けば、それがどんなものであれ、大なり小なり、とにかく現代に対する「ある物言い」が出てくるのは避けられない。この作家は、自分の物言いで他人がちょっとでも動かされてはいけないと考えておいでなのではないか。そこで自分の紡ぎ出す物語にはすべて「時間」という緩衝帯を設けて、ただただ読者がたのしんでさえくれればいいとお考えなのだ。

これが当たっているかどうかは分からない。ただわたしは、「ああ、大胆にも一度だけ藤沢さんに食い下がったことがあったっけ」と、今となっては懐かしく思い出し、そのたびに、自分もあんまり他人をアジるようなことを書いてはいけないなと、自戒するようになった。そんなわけで、長く中断している本誌の「コメの話」も、再開するのがどうもむずかしい。まさか「コメの話」を時代物の枠にはめて語るわけにも行かないだろうし……。

（『小説新潮』一九九七年三月号　新潮社）

感情管理を破る工夫

劇団の事務所に立て籠もって戯曲を書いていたころ、たいていは明け方まで仕事をして、それから近くの二十四時間営業のチェーン食堂へ行って朝御飯を食べるのを日課にしていました。納豆定食や鮭定食で腹の虫をなだめてから、折畳み式の簡易寝台で昼すぎまで眠る。これを四十回くらい繰り返して芝居を一本、書き上げます。

そのお店にも名誉と誇りがある。それで店名をはっきり言うのは避けますが、たとえば吉野家さんや松屋さんを想像なさってください。

そういう簡便な食堂では、足を踏み入れた途端、日本晴れのような顔をした店員さんたちから元気よく声がかかる。

「いらっしゃいませ、おはようございます」

この笑顔と挨拶が苦手でしたねえ。

明け方の満開の笑顔は、気味が悪い。それに二段構えの挨拶に思わずつんのめりそうになる。「いらっしゃいませ」あるいは「おはようございます」のどちらかにしてもらいたいと、毎朝、ぶつぶつ言っていました。

「いらっしゃいませ」と一つなら「納豆定食を」と素直に注文できますが、「納豆……」と言いかけたところへ「おはようございます」と追い打ちがかかると、なんだかずっこけてしまうのです。それでいつの間にかカップ麺で朝御飯をすますようになりました。

このような過剰な商業笑顔とご丁寧な商業敬語のことを「マクドスマイル」というんですってね。マクドナルドが始めたからそういうらしい。でも、ほかのお客さんからは文句がでないところを見ると、わたしの方がどうかしているのでしょう。もっと言えば、商《あきな》い用の笑顔と敬語をごく自然に受け止めること、それがわたしたちの社会のルールになっているもののようです。

ところでこのあいだ、東京大学大学院の崎山治男さんという若い社会学者(一九七二年生まれ)がお書きになった『心の時代と自己』(二〇〇五年、勁草書房刊)を読んでいるうちに、藤沢周平さんの小説の秘密にふれたように思いました。崎山さんは「感情社会学」という新しい分野を拓こうとなさっている学者のお一人ですが、まず感情社会学がどのようなことを考察の対象にしているか、崎山さんの御本をぱらぱらとめくって目に止まったところを引きます。

〈自己がその感情経験を表したり、感じたりすることには社会的なルールがあり、それは時代により変化していく。〉

わたしたちは、そのときの感情のままに泣いたり笑ったり、怒ったり悲しんだりしていると信じ込んでいますが、じつは「感情のままに」ということはありえない。それぞれの時代に、そしてそのときの状況に合わせて感情を管理しているらしい。つまり簡易食堂の店員さんもお客さんも、だれかから（たぶんそのときの社会常識から）感情を管理されている。藤沢周平さんは、江戸の下級武士やそのころの庶民の「感情管理」の実情をじつによく観察していました。

『蟬しぐれ』の名場面は、すべてこの感情管理を扱っています。たとえば、文四郎少年が、龍興寺で切腹を待つ父と対面してから寺を出て、親友の逸平と二人、蟬しぐれの中を、旧街道の欅並木を歩いていく。しばらくして、逸平が「泣きたいのか」と言う。

「泣きたかったら泣け。おれはかまわんぞ」

「もっとほかに言うことがあったんだ」

文四郎は涙が頰を伝い流れるのを感じたが、声は顫《ふる》えていないと思った。

「だが、おやじに会っている間は思いつかなかったな」

「そういうものだ。人間は後悔するように出来ておる」

「おやじを尊敬していると言えばよかったんだ」

「そうか」

と逸平が言った。文四郎は欅の樹皮に額を押しつけた。固い樹皮に額を押しつけていると、快く涙が流れ出た。そしてそのあとにさっぱりとした、幾分空虚な気分がやって来た。

涙をぬぐってから、文四郎は逸平にむき直った。逸平の目がまぶしかった。

「少しみっともなかったな」

「そんなことはないさ。男だって木石じゃない。時には泣かねばならんこともある」


何度読んでも、わたしはこの場面で決まってジーンとなってしまいますが、それは藤沢さんが周到な計画のもとに、文四郎がその時代の感情管理を破って行く様子をいきいきと書いているからなんですね。父との今生の別れの時になにも言えなかった悲しみは、時代を超えて、人間の真情です。登場人物が時代の感情管理の規則「男は、ましてや武士は泣いてはならない」を破ってその素《す》を表わすとき、その瞬間に、人間の真実が読者の目の前に現われてくる。藤沢さんはこの工夫の名手でした。

ふたたびこの小文の書出しに戻って言えば、夜明けの簡易食堂の店員さんが、疲れた顔の塩垂れた声で「……いらっしゃい」と挨拶したら、つまり店員心得から逸脱して素の彼で迎えてくれたら、わたしはカップ麺に転向したりはしなかったでしょう。


（『藤沢周平の世界展』図録　二〇〇五年九月　世田谷文学館）

解　説――競技場の光景　〔筒井康隆著『バブリング創世記』〕

ぼくの周囲にはたくさんのすぐれた編集者や記者がいます。そのなかのひとり、「新潮」の編集者で、同時に御自身が自立した演劇評論家でもある岩波剛さんが、あるとき、ふと次のような名言を口になさった。

「ひいでた作家を、同時代の人間が正当に評価することは、じつにむずかしい。彼は、凡庸なくせに尊大に振舞っている作家たちと、同じ競技場の、同じ競走路を走っているのだが、ほとんどの見物人は、彼が凡庸尊大作家たちを、何周もリードしていることに気がつかない。一見して競り合っているように見えるので、力は伯仲……と思いがちだが、真実はそうでなく、凡庸尊大作家たちは彼の何千米か後をドタバタ走っているだけなのだ」

ある作家へ讃辞を呈するのに、別の作家群を持ち出し、世にいう「劣等比較」でものを云うのは、引き合いに出された作家群はもとより、讃辞を呈しようと思うその作家に対して失礼千万なはなしですが、ぼくは岩波剛さんの見方にすっかり感心してしまい、無断でここに引用させてもらいました。なにしろ、筒井康隆さんの現代日本文学における位置を説明するのに、これほど適切で的確な言い方はないと思いますので。

もう一度云い直しますと、ここは現代日本文学競技場です。数千人の走者たちがゴールの定かでない長距離レースをたたかっている。先頭集団には当然、お年寄たちが多い。おたがいに先を譲り合ったりして、まことに美しい走りっぷりです。それに意外の健脚で、見物人はちょっとびっくりしたりもしています。あまり間をあけずに第二集団が走っている。そしてその次あたりを筒井さんが駆ける。そのフォームは奇抜です。ときおり片足跳になったり、うしろ向きになったり、あるいは逆立ちし、舌をベロッと出してみたり、おもしろおかしく走っている。ときどき、先頭集団の偉大な走者たちのフォームをそっくり真似てぐんぐん飛ばし、その偉大な走者のすぐそばへやってきて、並んで走ったりしてみせます。

見物人たちは筒井さんの愉快な走り方に腹の皮をよじり、偉大な走者たちをからかう勇気に拍手を送ります。がしかし、もし筒井さんがじつは何周も先まわりした上で第三集団あたりを走っていると想像したらどうなるでしょう。彼の走り方は、ふざけているように見えるがそうではなく、本当は《小説や戯曲はこうあるべきだ》と得々として唱えながら、その実、何周もおくれている文学走者たちへの辛辣な批評であることに気づき、見物人たちの拍手をする手は宙にとまり、その笑いは立ちどころに凍りつくことでしょう。これだから小説だの戯曲だのはおそろしい。

このように、外見はいっしょに走っているようでありながら、その実は何周も先まわりしている「天才」は数十ばかりおりますが、筒井さんはその代表的なものの一人です。これはぼくの個人的な感想ですが、こういう天才たちと走るときは、ただもう「拙を守って」こつこつと行くしかありません。こういう天才たちと同じ競走路を駈けるのは名誉なことだと思って、せっせと走るしかありません。

では、筒井さんの、あのすばらしい脚力はどうやって養われたのか。理由はたくさんありすぎて、その全部にふれるわけにはまいりませんので、とりあえず一つだけここに書きつけておきます。筒井さんは「型式」にたいして異常なほど敏感です。この「型式」を、類型《パタン》、定型、フォーマット、標準型、紋切り型、きまり、常識、道徳、様式、手本、模範、規範、法《のり》、鑑《かがみ》、亀鑑など、お好きな言葉と互換してくださってさしつかえない、とにかく「きまりごと」に敏感で、その「きまりごと」の構造、本質をすばやく、一瞬のうちに見抜く。小説は自由に書いていいのに、もう無数の作法が存在しています。たとえばぼくが、その小説作法を一所懸命に身につけようとしているのに、筒井さんは、その異能力を駆使して、もうすでに小説のきまりごとに鋭くメスを入れている。「彼は何周も先まわりしている」といったのは、そういう意味でした。

　体制の正体などとうの昔に、筒井さんによって見抜かれ、さんざんコケにされています。かといって彼は反体制の旗手などではない。反体制の滑稽部分は、筒井さんの常食とするところ。それどころか彼は自分自身を、そして唯一の武器である「ことば」をも、からかいの対象としています。ことばぐらい一から十まで「きまり」で成り立っているものはありません。女性の××××は、〇〇〇〇と呼ばれてもいいのに、××××と呼ぶことにきまっているから××××であるわけで、この一事をもってしてもことばが「きまりごと」の最たるものであることは疑う余地がありませんが、筒井さんはこの「ことばのきまり」をも解体しようとしている。作家にとってただ一つの道具をこわそうとしている。これはおそろしい軽業で、つまり彼は軽業をしながら走ってもいるのです。それでいて何周も先行している。とにかくたいへんな作家です。そのたいへんさ加減を、ここに収められた九篇の傑作でお感じになってください。ぼくの好みをいえば、「鍵」こそ筒井文学の極北、小説のきまりごとをからかいながら、第一級の小説になっているところが見事ですし、フロイドをここまで嚙み砕いてみせた作者の知的暴力には、ただただおそれいるしかありません。

（筒井康隆著『バブリング創世記』徳間文庫　一九八二年十一月）

私の「夢さがし」〔山口瞳著『家族』に寄せて〕

山口瞳さんは前作『血族』で、「私」をどこまでも突きつめて行くと「公」になってしまうという大逆転を、意味のどんでん返しを読者に満喫させてくれた。私が公になるとは、山口静子という女性が山口さん一人の母親でなく、読者のほとんどの母親になるということである。もうひとつ、前作では、私小説の永遠の主題ともいうべき「血のつながりの再確認」が、皮肉なことに私小説の手法によってみごとに引っくり返されてしまう。作者は、「血よりもさらに濃いつながりが世の中にはある」という結末を用意することで、私小説常套の主題をどうと投げ飛ばしてしまったのである。悲しくなるほど痛快だった。このように山口さんは、デビュー以来かたときも文学的実験を忘れない。

この新しい長篇での実験は、私小説の手法で神話が書けるかということにある。作者を突き動かすのは、こわい夢である。五、六歳ごろ、午後の八時か九時という時刻、上等の着物を着た母が、私を羽織に包んで抱いて無人踏切に立っている。かすかに電車の近づいてくる音がする。その音が大きくなる……。母が私を道連れに心中しようとしているこの夢は、現実におこったことではないのか。現実とすればそこはどこの踏切か。母をそこまで追いつめた原因はなにか。私の「夢さがし」がはじまる。この、夢をさがすという謎追求の装置は神話のように構えが大きい。だれもがこれと通じるこわい夢を見る。だからこそ神話的なのだが、だれもが見るこわい夢が合言葉となって、読者はやすやすと私＝作者の過去探検につき合うことになってしまう。巧緻な仕掛けである。

競馬場で出会った小学時代の同級生が夢さがしの同伴者の役割をつとめるが、公営競馬場という宿命論的殺気のこもった場所で、私と同級生との間で交される会話には唸らされる。あの、こわい踏切がどこかを確定するために、二人は昭和初期の川崎市の風物、そこでの野趣あふれる少年の遊びについて思いつくまま喋り立てるのであるが、このあたりは詩である。詩は神話に不可欠だ。そこで作品は神話にますます近づく。そしてその詩はくり返されるたびに死の予兆をはらみ出すという、こわい細工になっている。

夢さがしの進行につれて一人の人物が浮び上ってくる。当時、銀座で有名だった大法螺吹き。ドカ儲けと大損とを繰り返す、しかし心底から憎めない男。彼こそが母と私を夜の無人踏切に立たしめた張本人らしい。おどろくべきことにこの男は、私の父親正雄だった。父と母を入れかえれば、私はほとんどハムレットと重り合う。この神話的謎究明の達成。

昭和のハムレットは、若いときから自分の中にあるヤクザッ気と宿命論から逃れようとして戦っていた。この世は積み重ねでしかない、正直貧乏が第一と思い定めていた。父親のノンシャランな事業史と私の切実な精神史とが神話の枠組を支えとして火花を散らし、戦い合う。こうしてまたもや山口さんは、父山口正雄を、読者のほとんどの父親に仕立てあげることに成功するのである。私の父親は、バッカスの神に、あるいは無邪気なときのスサノヲノミコトに似ているようである。

（山口瞳著『家族』付録　一九八三年四月　文藝春秋）

空白の意味――長部日出雄著『映画監督』

この作者は、じつをいうと端倪すべからざる技巧の持主である。この作者は華麗な小説技法を駆使する。実際の人柄は生真面目で誠実、他人を裏切ることなど決してないのに、彼の作品はとなれば読者を巴投げかなにかではるか彼方へと投げ飛ばしてしまう。小説家というのはおそろしい人種である。もちろん遠くへ投げ飛ばされたがっているのは彼の作品の読者で、筆者もそのうちの一人だが、今回もひどく投げつけられ、じつに充実した、たのしい時間をすごした。読者というのも、引き摺りまわされてうれしがっているのだから、おかしな人種である。

ではこの作品で企まれた技巧とはなにか。いや、この場合、技巧という言葉は軽すぎていけない、この作品に作者を挑ませた基本的な動力が、ある手腕となって実現され実行されたもの、もっといえば主題の展開と物語の発展と細部の累積との三者が合体したものはなにか。答は「空白そのもの」であって、これは空前のどんでん返しである。このことを焦らずにじっくりと書くことにしよう。

まず、映画監督の頭蓋の内側にある他人は窺い知ることのできない彼だけの試写室について語られる。そこは〈映写機の回転音が聴こえるのに、スクリーンはなにも写っていない白みのフィルムを透した光を、眩《まばゆ》く照り返しているばかり〉の部屋である。次に有名な、「映画をつくる組のなかで、本当はだれがいちばん偉いか」を議論する八十枚にも及ぶ場面がつづき、それから映画監督が二人の警察の者に連行される話になる。そして検事との第二の議論場面になる。ちなみにこの映画監督は、戦争末期に治安維持法違反容疑で検挙され、獄中で疥癬にかかって死んだ哲学者三木清をモデルにした映画「賭ける葦」を撮影中だった。彼は撮影現場から三木清と同じく治安維持法違反容疑で連行されるのである。独房で三木清と同じく疥癬にかかった映画監督は「死の見方」なるものを身につけ、すでに死者となっているこの哲学者と邂逅し、哲学者の手引きで脱獄し、撮影現場へと取って返す。そして「撮影現場は官憲によって見張られている。なかに入ろうとすると捕まってしまうかもしれない」と案じる哲学者に映画監督はこう云う。「自分の力であそこへ帰ります」。映画監督が〈一心に念じて、閉じた目を開くと……カタカタと旧式の映写機の音が聴こえて、スクリーンには相変わらず白みのフィルムが流れて〉いる……。

なぜ熱心に物語を追ったのか。賢明な読者には右の要約からも明らかであるように、最初から最後まで、事件は映画監督の頭蓋の内側の試写室で起ったものにすぎなかった。したがって作品の大部分が空白なのだ。そこでたとえばある批評家がこの作品を論じて云った「……要するに合成小説でね、映画についての議論小説と映画監督と女優の情事、つまり風俗的なことと、最後の幻想小説的なものがつなぎあわされるわけですね」という評言などは見当ちがいもはなはだしい。「最後の幻想小説的なもの」という云い方は当てはまらないのであって、いうならばこれは徹頭徹尾、幻想なのである。素直に、作者の文体に乗って読み進めればまちがうはずはないと思うのだが、世の中にはおかしなひともいるものだ。「ほんとうはだれがいちばん偉いか、だなんて幼児っぽいけれど、おもしろい議論だな」、「治安維持法復活？　SFっぽい趣向だが、ひょっとしたらいまの世の中にはそんな気味合いもあるかもしれぬ」、「死んだ哲学者があらわれるだなんて作者はこの先どうするつもりなのだろう」、「疥癬の虫を武器に逃げ出す？　ドタバタだ。作者はいったいどうしたんだ」……、と読み手をどきどきさせておいて、すべては映画監督の頭蓋のなかで一瞬のあいだに入り乱れた想念であったというところへ整合させてどんでん返しをするこの力業の爽快さ。この構造を直観できない限り、この作品を読んだことにはならないのではないか。そしてふしぎなことにここに照明を当てた批評は、管見するところ皆無だった。

では作者のいう空白の意味とはなにか。冒頭で作者はこう書いている。聖書や仏教の経典などの〈辻褄が合わないところに生じた謎の真空が、想像とおもいこみを吸いよせて、つぎつぎにどこまでも信者を増やしていった。とくに仏教は教えの中心が空白であったことが、たくさんの僧侶の想像をかきたて、読みこみとおもいこみを強めさせて、あれほど厖大な量の経典を生み出させた。ひょっとすると謎の部分は、イエスや釈迦のブラフであったのかも知れないのに。〉。中ほどで作者はこうも書く。ある時期から日本に実質的な指導者がいなくなった。この空白へ治安維持法が入りこみ、日本人全体を支配した。〈治安維持法で死刑になった者は、国内にはいなかった。結果からすれば、死刑は国民への威嚇と恫喝をねらったブラフであったともみえる。〉。ところで撮影現場での映画監督も空白そのものの存在である。物語を紡ぐのは脚本家であって彼ではない。演じるのは俳優、光を当てるのは照明家、背景は美術家、そして写すのはカメラマンである。映画監督はなにもしない。だがなにもしないことが謎を生む。その空白がスタッフと俳優とにブラフをかける。「監督がなにも考えていないわけはない。われわれがどこまで仕事ができるかをじっとみているのだ」とスタッフや俳優が不安になり、やがて彼等はその不安に刺激されて潜在能力を引き出しはじめる。こうして映画は傑作になる。いってみれば映画監督とはイエスや釈迦、あるいは治安維持法のようなものなのだ。

作品の最初でこの映画監督はこのように考えていたのである。しかし彼は、治安維持法によって死を与えられた哲学者をモデルにした映画をつくっているうちに、正確には、撮影何日目かの、ある一瞬、ほかでもないその哲学者から、〈いま目にしている光そのもののような空白の自覚こそが、人間の存在にとって、欠くことのできない条件なのだ。〉という啓示を得る。つまり空白を利用してブラフをかけるのは、真に人間的なことではないと知るのである。この啓示を得るまでに彼の頭蓋でおこった想念の躍動が、つまりこの作品ということになる。こうして映画監督は彼の映画のモデルをほとんど完璧に理解した。彼は現場での支配者の地位をおりた。ブラフや恫喝はもう使うまい。現場の王としてではなく映画をつくろう。この結末はすがすがしい。この映画監督はおそらくいい映画をつくることになるだろう。

（『文學界』一九八五年五月号　文藝春秋）

人生の難関を乗り越える梃子となる大江文学の鍛え直された言葉
──『「自分の木」の下で』大江健三郎

大江健三郎さんの新しい本、『「自分の木」の下で』を手にしたとき、思わず、「大江さんの本としては、これはいままでに類がなかった性質のものだ」と呟いていました。書物としての手ざわりも、その文章も、そしてなかに収められた挿話も初めてのものばかりでした。

まず書物の手ざわりについていえば、やさしく、やわらかで、懐かしく、ひっくるめて云えば、とても気分のいいものでした。それにはたぶん、大江ゆかりさんの、カヴァー画をふくめて三十七枚の絵が力になっています。とりわけ六十九頁の絵には、すっかり惹きつけられてしまいました。近くにいる親しい人たちに、「ぼくの生まれ育った田舎の町もこれと同じだったのだよ」と、どうしても見せたくなるような絵です。

遠景は薄鼠色の山並みで、その上には薄雲を浮かべた青空がひろがり、中景は緑したたる里山です。近景は瓦をのせた二階建ての家並みをもった広い道。その道の真ん中を馬車引きのおじさんが空の荷馬車を曳きながら里山へ向かっています。里山の方からやってくるのは元気のよさそうなおじいさんで、その麦藁帽子と縮みのステテコ姿から見て、季節は真夏。その影の長さから、時は真昼時でしょうか。家の前には赤ん坊を抱いたお母さんが立っており、それを白犬が見上げています。絵の右下、超近景に瓦屋根の一部分が見えて、屋根から真っ赤なグリコの看板が下がっているのは、これは田舎の生活にはなくてはならぬよろず屋でしょう。

この絵を詳しく説明したくなったのは、これも新著の『大江健三郎・再発見』(集英社)と関係があります。そこに収められた二人のフランスの大江文学研究家とのシンポジウムで、大江さんはこう発言しています。

〈……生まれ育った四国の森のなかの土地の歴史、伝承そして地型が、小説(ここでは『取り替え子《チェンジリング》』。井上注)の背景をなしています。〉

もし、この絵が大江文学の舞台である四国の森のなかの町を写しているとして、なぜ、それがぼくたちの生まれ育った東北の町の街道の真夏の真昼時の風景と似ているのか。答えは簡単で、四国は東北でもあった。そのことがぼくに自分の田舎を懐かしく思い出させた。つまりこの絵は、大江文学の普遍性を雄弁に語っていたのです。

この本の文章の読みやすさは、もとより、「子どもの読者を相手に程度を落とした」からきているものではありません。大江さんの文章論の根本は、「言葉そのものをこわすことはできない。言葉をある仕組みに入れることでこわすことができ、そしてその言葉に新しい魅力をよみがえらせることができる」というところにあり、それが、この本で実現しているから、程度は高いにもかかわらず読みやすいのです。その好例が、たとえば、「つなぐ」という単語の使い方に表れています。

〈……この続いている、ということが大切なんです。(中略)自分の意思で続けてやろう、とすることが、つなぐことです。自分を、大人になれないで死んだ子供につなぐ、ということもそのひとつ。(中略)そしてこれは、未来についていうと、皆さんが大人になった時の自分と、いまあなたのなかにある「人間」が続いている、ということです。そしてさらに、未来の日本人、人類につながっているということです。〉

「つなぐ」という言葉が、生と死を同時に考え、それに同時代の仲間のことも勘定に入れるという仕組みのなかに投げ入れられて壊され、そして鍛え直されて、やがて鉄の蝶番よりも頑丈な言葉となってよみがえります。この本を読んだ少年少女諸君は(もちろん大人も)、この先その一生を終えるまで、この「つなぐ」という言葉を梃子《てこ》にいくつもの人生上の難関を乗り越えることができるにちがいありません。

この本に収められた挿話は多彩ですが、大江少年とその母の間に交わされた次の対話に目を止めました。「自分の木」の上で本を読んでいる大江少年にお母さんが、

〈――いま、森から「童子」が降りて来られたら、あなたはどうするかなあ？　と質問するより自

分で想像しているようにいった時、私はそれをはねつけるつもりの返事をしました。

――わしが「童子」やから！

そうすると、母は怒るかわりに、笑いながらこういったのでした。

――「童子」は村の人が困っておると、森から降りて役に立たれたというから、あなたも学問をして、身体の鍛錬もしておらんといかん……〉

おそらく大江さんの次作は、このあたりの対話が核となるのではないか。そんな夢のようなことを考えることができるのも、この本のたのしさの一つです。


（『週刊朝日』二〇〇一年九月二十一日号　朝日新聞社）

◇大江健三郎との縁は、巷間に知られるよりはるかに古い。一九六〇年、ラジオ東京で井上廈作または脚色による四本のラジオドラマが放送された。その四作目が大江健三郎原作・井上廈脚色『飼育』（一九六〇年十一月五日二十三時十五分〜四十五分、「空中劇場」シリーズ）だった。

「人生二十五年」の時代　〔妹尾河童著『少年H　下巻』解説〕

どんな時代も、別の時代のひとたちの目には奇妙なものに映るでしょう。もちろん、わたしたちがいま現に生きているこの世紀と世紀の境目の時代も、ちがう時代のひとには、ずいぶん不思議なものに見えるにちがいありません。

たとえば、いま世界には五万発の核弾頭があるといわれます。太平洋戦争の末期、少年Ｈの住む美しい街も他の都市と同じように、Ｂ二九が投下する爆弾を浴びて文字通り火の海になってしまいますが、当時世界最大の長距離爆撃機であるこのＢ二九は、一機当たり二〇トンの高性能火薬爆弾を積んでいました。ところがヒロシマ型の原子爆弾の威力は、高性能火薬に換算すると、たった一発で、なんとＢ二九、一〇〇〇機分(二万トン)に相当するのです。しかも、核弾頭の爆発力は、平均してヒロシマ型の二十倍といいますから、それが五万発では、高性能火薬にして二〇〇億トン！

つまり、地球上の人間は、あなたもわたしも、どんなところに住むひとも、それぞれ一人当たり三トン以上の高性能火薬を背負って生きているのです。

別に言うと、わたしたちは、いつ爆発するか分からない厚く敷かれた高性能火薬の上で、泣いたり笑ったり怒ったり悲しんだりしながら生きているわけで、ほかの時代の人間が見たら、「あの時代のひとたちはなんて楽天家ばかりそろっていたのだろう」と感心するか、苦い顔でひとこと、「狂っている」と呟やくか、そのどちらかでしょう。

この本の著者である少年Ｈは昭和五年(一九三〇)の生まれ、この解説の筆者である少年Ｉはその四つ年下、そこでＨとＩとは、幼いころに、同じ時代の空気を吸って育ったという共通点があります。いったいそれはどんな時代だったのでしょうか。ひょっとしたらそれは、今よりもっと奇っ怪で、もっと恐ろしくて、もっとずっと重苦しい、なんとも言いようのない珍奇な時代だったかもしれません。

そのころ、戦時標語というものがありました。標語といっても、いまのように強制力の弱いものではありません。いわば政府のお達しに近く、それこそ法律に並ぶぐらいの力があった。「いまは戦時である。したがって国民たる者はみなこの心がけで生きなければならない」という、それは国家からの指令のようなものでした。主だった戦時標語を年代を追って並べてみましょう。

国民精神総動員（昭和十二年）
パーマネントはやめましょう
一汁一菜
ぜいたくは敵だ（十五年）
八紘一宇
一億一心
南進日本
月月火水木金金（十六年）
ほしがりません勝つまでは（十七年）
屠れ米英我等の敵だ
子は国の宝
産めよ殖やせよ
頑張れ　敵も必死だ（十八年）
撃ちてし止まむ
進め一億火の玉だ（十九年）
明日の百機より今日の一機だ

人生二十五年（二十年）

昭和二十年の戦時標語の「人生二十五年」には説明が必要でしょう。

古代ギリシャ人の平均寿命は十九歳でした。それが十六世紀のヨーロッパで二十一歳に延び、十八世紀のフランスでは三十歳になり、そして今世紀の初めのころに、ようやく六十歳に達します。いってみれば、この二千年におよぶ世界の歴史は、人間の平均寿命がどれだけ延びるか、それを追求する悪戦苦闘の道のりであったということもできるでしょう。

日本でも事情は同じで、江戸期に入ってようやく平均寿命が六十歳に達します。福島県立医大の森一教授の調査によると、その内訳は次のようです。

藩主　四八・三歳
公家　五〇・八歳
家臣　六四・七歳
僧侶　六八・六歳
足軽　もっと長生き

幼児期の死亡率はうんと高かったが、そこを通り抜けると、けっこう長生きできたようです。身分が高いほど寿命が短いのは、たぶん気苦労が多かったからでしょう。

さて、少年Hが爆弾の降る下を逃げ回り、少年Iが座布団爆弾を抱えて敵の戦車に突っ込む訓練をしていたころ、すなわち、問題の昭和二十年、日本人の平均寿命は、厚生省発表の簡易生命表によると、六十歳から逆に進んで次のようになっていました。

男性　二三・九歳

女性　三七・五歳

薬も食べ物もないから幼児がたくさん死ぬ、戦地では若者たちがたくさん死ぬ、そして内地では空襲でひとがたくさん死ぬ。そこで、こういう恐ろしい数字にまで下がってしまったのでした。坂のある美しい街にいた少年Hも、東北の山間《やまあい》の小さな町にいた少年Iも、そしてそのころ日本国中にいた少年少女たちはみんな、毎日のように、大人たちから、「きみたちは二十前後で死ぬだろう」と言われつづけていました。「ある者は特攻隊となって敵軍へ突っ込み、そうでないものも本土決戦で御国《みくに》の御盾《みたて》となって死ぬ。女の子も竹槍を構えてアメリカ兵と刺し違えるのだ」……。

これが「人生二十五年」という戦時標語の意味でした。「日本人の寿命はせいぜい二十五歳止《ど》まりなのだから、本土決戦で、たとえ二十歳で死んでも、それは当然だと思え」というわけでした。

では、本土決戦とは、いったい、なんだったのでしょうか。外務省が編纂した『終戦史録』には、こう書いてあります。

〈当時大本営の計画していた作戦は、本土決戦、即ち軍を中央山脈を中心にして山岳地帯に整備し、総動員法によって全国民を武装せしめ、所謂《いわゆる》焦土戦術、竹槍戦術によってアメリカの上陸軍に抵抗し、最後には陛下を満洲(中国の東北部)の新京《しんきょう》(現在の長春)に動座《どうざ》して、大陸(中国)に於て、ソヴィエトをバックとして、徹底抗戦の挙に出る……〉

当時の日本は、ソヴィエトと不可侵条約を結んでいました。さらに中国大陸には百万に近い帝国陸軍がいる。それらを当てにして、新京へ動座しようというのでした。

どうも勝ち目はないが、少年Hたちや少年Iたちが竹槍や座布団爆弾で本土上陸軍に抵抗しているうちに、アメリカが嫌気をさして和平を求めてくるのではないかという、ばかに虫のいい作戦でした。ですから、日本が負けたことを知った少年Hが、思わず、「良かった」と本心を言って、学校の上級生に殴られる場面に、かつてI少年だった筆者は涙を流しました。戦争を指導していた当時の大人たちが、子どもたちに、「人生二十五年」などという標語を勝手に押しつけて、奇っ怪な夢を見ていた珍奇な時代が終わったこと、そしてそんな人でなしの時代を、少年Hがなんとか無事に生き延びたことを祝って涙をこぼしたのでした。

ほんとうに、あれは変な時代でした。あんな変な、人でなしの時代がいつまたやって来ないでもないし、あのようなひどい標語を二度と招き寄せないためにも、この本はうんと読まれるのがいいのです。

（妹尾河童著『少年H 下巻』講談社文庫 一九九九年六月）

四つの謎――丸谷才一著『思考のレッスン』

しかし依然として丸谷才一さんは謎である――と書きつけた途端にあちこちから、「そんなことはない。じつにはっきりしているではないか」と叱声が飛んできそうだ。たぶんそれらの声は次のように続けるだろう。

小説家としては寡作のほうだが、ひとたび発表すればどれも傑作、大いに売れる。評論家としては一作ごとに思いがけない新説を立て、その説をたしかな証拠で実證してみせて天下の読書人を唸らせる。エッセイの筆をとれば話の幹に含蓄ある逸話の枝を生やさせ愉快な余談の葉をいっぱいに繁らせる。そればかりか読者の肩こりを防ぐために日本語文の文末の単調な「だ・である」に「です・ます」を混ぜて読みやすくし、それでもまだ満足せずに、「だよね・だもの・だなあ」と多彩に変化させ、明治以来のエッセイの文体を革新した。この文末処理法に模倣者が大挙して出ていることからも、それがどんなに偉大な発明だったかが分かるではないか。この百年、日本のエッセイの書き手と読み手はあの単調な「だ・である」に、ほんとうにうんざりしていたから、あれは掛値なしの新機軸だったのだ。それに加えて、歌仙を巻き俳句をつくり、その上に立って、新しい百人一首を撰定し、すぐれた飜訳を行い、さらに談話、対談、鼎談、そして座談会の名人上手でもあって、国中に轟《とどろ》きわたるような大声でよく出来た冗談と鋭利な文明批評とを同時に発して読者の腹の皮を捩《よ》じらせながらじつは彼等の胸の奥を深く抉《えぐ》る。――つまり、丸谷才一とはこの全体のことをいうのであって、まるではっきりしているではないか。

もちろんそれは分っている。わたしが不思議に思っていたのは、そのもう一つ上の次元に属することがら、つまりそのようなダヴィンチ的な文業が、いったいどのような構造の頭から出てくるかということだった。

まだ謎はあって、右を一とすれば、二、才一少年がいったいどんな少年だったのか、それについて何も書こうとなさらぬから、謎である。三、その途方もない読書量。時間をどうやりくりされているのか、それも謎である。四、世間でいうところの、いわゆる「右」なのか、あるいは「左」なのか、これも謎である。またもや「右はとにかく、左はないだろう」という声が聞こえてきそうだが、「王制は未開の人びとの制度」という発言が丸谷さんにはあって、こんなおそろしいことは日本共産党だって言えやしない。丸谷才一が右か左かなんて、丸谷さん自身にはまったく関心のないことだからどうでもいいトピックスだが、わたしなどには、多少気になることがらである。

まだまだ謎はあるが、こんどの『思考のレッスン』を読めば、少くとも右の四つの謎はきれいに解消する。一については実際に読んでいただく方がいい。よく読めば、たったの千三百円で、どなたも小型の丸谷才一になれる、とは限らないが、その発想法そのものがおもしろい上に役にも立ち、読了後、世の中がまったく新しい景色に見えてくることだけは請け合おう。二番目の謎は、子どものころは「変なことを言う子だよ」といわれていたという一行で氷解した。三については、「本を破る」「索引を読む。なければつくる」「人物一覧表や年表をつくって読む」などの秘法が惜し気もなく公開されているから、これで謎が解けた。この丸谷式読書法はこの本でもっとも輝いている部分の一つで、牧師も神父も修道女も聖書を置き、裁判官も弁護士も改憲論者も護憲論者も六法全書を置いて、とりあえずここの部分だけでもお読みになるがよい。それぞれのお仕事に必ず収穫の果実を抱えてお戻りになれるはずである。

四つ目の謎の解法は、この本によればこうである。多様なものの中に隠されている共通の型を発見する能力、それが人間の思考力というものである(これを筆者は仮に帰納的な考え方といっておこう)。丸谷さんはそう信じるがために、逆に、一つのことがらを押し拡げてくる思考法(演繹《えんえき》的な考え方、つまりイデオロギー的なもの)と生涯を賭けて戦っているのである。わたしもこの態度をわがものとしたいと考える。

(『本の話』一九九九年十一月号　文藝春秋)

後進へ

謎と発見——村上春樹『世界の終りとハードボイルド・ワンダーランド』を読む

人間は、自分がなにかを理解した、と信じたときに笑う。そして理解とは発見の別名である。つまり人間はなにかを発見したと信じたときに笑うのである。村上春樹氏の新作が静かな笑いに満ちているのは、物語の各所に、読者を発見へと誘い込む大小の装置がいくつも埋め込まれているからにちがいない。もとよりこの小説には、ほかにもさまざまな読み方を可能にする間口の広さがあるが、与えられた紙幅にかぎりがあるので、筆者はもっぱら、作者がどのような手段を講じて読者を発見へと勧誘しようとしているかについて見てみようとおもう。

読者に発見という果実を収穫させようとするなら、作者はまず謎という種子を蒔かなくてはならない。この小説には〈私〉と〈僕〉との二人の主人公がいて、この二人がそれぞれひとつずつ物語を牽引する。物語の運転手を複数にするという構造のつくり方はこの作者の愛する方法でわれわれ読者にもすでに親しいところであるが、この方法は謎の発生を容易にする。複数の、たがいになんの関連もなさそうにみえた物語群が、どのような経緯を辿ってひとつになるのかと、読者は開巻劈頭からその大きな謎に頭を銜え込まれてしまうからである。しかもこの新作では、ふたつの物語に知的腕力によるひねりが強くかかっており、そこで謎は深く、そのもつれ具合は烈しい。当然、謎が解明されたとき

〈読みおえたとき〉の発見の量も大きい。

〈私〉の属する物語系では、かれはコンピュータの技師である。かれの脳の深層はどうやら途方もなく貴重な情報の金庫として利用されているらしい。そのうえ放置しておくと、かれの全意識がその金庫のなかに逆に取り込まれてしまうかもしれない。そのとき、かれに訪れるのは「世界の終り」という冷めたくてさびしい状態だ。だれがかれの脳を金庫に改造したのか。そして「世界の終り」を回避する道はあるのか。〈私〉物語系には謎があふれている。

〈僕〉の属する物語系では、かれは「夢読み」と呼ばれている。高い壁でかこわれた静かでしんと冷えきった小都市、そこにはおびただしい数の一角獣がおり、かれは図書館でその一角獣の頭骨から古い夢を読み取る毎日を送っている。古い夢とはなにか。この小都市はいったいどこにあるのか。小都市の人びとはみな自分の影をもっていないがそれはなぜか。そして都市から脱出しようという〈僕〉の企ては成功するだろうか。〈僕〉物語系に埋め込まれた謎もまた大量である。

このふたつの謎の体系がたがいに相手を吸い込もうとしながらもつれ合い、やがて次つぎに解明されてゆくさま、べつにいえば読者が次つぎに発見に恵まれてゆく過程にはさわやかな疾走感がある。この小説が秘めているテーマ〈人間はどのように現実を受容するのがまことに人間的であるのか〉は充分に重いのに、それにもかかわらずわれわれ読者が「頁が残り少くなるのを惜しみながらも、どうしてもその先を読まずにいられない」という軽いフットワークを与えられるのは謎と発見との仕込み方がすぐれているせいだろう。言うまでもなく、よい小説とは、テーマの重さとフットワークの軽さとの同時的成立という逆説をかならず含み込んでいるものなのである。

物語の構造を成り立たせている謎と発見とのシーソーゲームは文体にもはっきりと焼きつけられている。その例はふんだんに見つかるが、たとえば、作者は、

《……ウェイターがやってきて宮廷の専属接骨医が皇太子の脱臼をなおすときのような格好でうやうやしくワインの栓を抜き、グラスにそそいでくれた。》(五五〇頁)

というように長い比喩を多用する。比喩はそもそもが謎と発見との合金である。たとえば「盆のような——お月さま」という比喩を生れてはじめて聞いた人間を想像してみると、かれは「盆」と「月」との等置に一瞬ぎょっとなって立ち竦むにちがいない。この瞬間、文の透明度がぐんと落ちる。言葉が立ちはだかり、謎が発生する。だがすぐにトンネルが見つかる。「なるほど、盆も満月もまんまるだ」。ささやかだが発見がある。発見は快感をもたらす。かれはその快感にはげまされて元気よく先へ進む。この一瞬の緊張と弛緩とが受け手を諧謔的気分に追い込んでゆくのである。この小説の作者の場合は比喩が長い上に奇抜でもあるので、諧謔的気分がいっそう濃厚に立ちこめることになる。ウェイターがやってきた。ここまでの意味は明白である。ところがその次につづく二十字前後の「宮廷の専属接骨医が皇太子の脱臼をなおす」で、受け手の前に言葉が立ちはだかることになる。謎が生まれる。その謎はやがて、「ときのような格好でうやうやしく」で解決へと向い、そして「ワインの栓を抜き、グラスにそそいでくれた」で完全に解明される。あとに残るのは、「うやうやしさをこんなふうにもたとえることができるのか」という発見の快感と、それが必然的にもたらす諧謔味(笑い)である。じっさいこの小説に登場する比喩には秀抜なものが多い。たとえば二三三頁、〈私〉はそのとき奇妙な二人組によって部屋を荒され、おまけに腹部を傷つけられて気息奄々という状態にあるが、

その〈私〉はこの頁で、

《私は目を閉じてインカの井戸くらい深いため息をつき》……《日はすっかり暮れて、ツルゲーネフ＝スタンダール的な闇が私のまわりにたれこめ》……《ときおり遠くで太鼓を叩いているような鈍くぼんやりとした痛みが傷口からわき腹の方に向けて走っ》ていて……《部屋の中は小人の工兵隊に爆破でもされたみたいに混乱している》

というように四つのよくできた比喩を中心に描かれている。このように事情はたとえようもなく悲惨であるが、〈私〉には、事情が悲惨であればあるほどその分だけ、よくできた比喩が必要なのだ。比喩がもたらす謎と発見、そしてその稔りである諧謔的気分、それなしではとても生きてゆけぬのである。つけくわえるまでもなく、〈私〉や〈僕〉とともに作品世界を生き抜いてゆかねばならぬわれわれ読者にも発見が恵んでくれる微笑や苦笑が要《い》る。そうした小さな笑いでそのつど励まされなければ先へ進む勇気が湧いてこないのである。先へ進めなければ物語の末尾が暗示する世界再発見、そしてその世界の引き受け方というところへ辿りつくこともできなくなる。長編小説を引っぱる原動力がさまざまなことがらの発見と、それにともなって発生する笑いであることを作者はよく知っており、そればかりかみごとにそれを立証したのである。

（『新潮』一九八五年八月号　新潮社）

◇のち、加藤典洋他著『群像日本の作家26　村上春樹』（一九九七年、小学館）に収録された。

ホームへの帰還――解説に代えて〔赤瀬川隼著『ダイヤモンドの四季』〕

山口瞳《ひとみ》さんのお葬式があった日の夕刻、直木賞最新の受賞者が果たさなければならない様ざまな仕事でお忙しい赤瀬川隼《しゅん》さんにお目にかかる機会を得た。オール讀物編集部から野球について対談せよと仰《おお》せつかったのだった。

山口瞳さんと云《い》えば、もちろん競馬についてたくさんのお仕事をなさっているけれども、デビュー後しばらくは草野球の理論家としても広く聞こえていた。それまで草野球には、これと云った理論がなく、そこでたいていがなんとなくプロや大学や高校野球のやり方をなぞっていた。内野の配置にしても、もっとも球扱いの上手な者を遊撃手に据《す》えて、あとは上手な順に三塁、二塁、最後にあんまり上手じゃない者を一塁に配するというようなことをやっていたのである。

さもなければ、長嶋《ながしま》茂雄が好きだから三塁をやる、豊田《とよだ》泰光《やすみつ》に憧《あこが》れているから遊撃手をやる、ちょっと古いが苅田《かりた》久徳《ひさのり》のように粋《いき》なグラヴ捌《さば》きをしてみたいから二塁手をやる、王貞治《さだはる》式に一本足で打てるから一塁手をやるという塩梅《あんばい》に、早い者勝ちの摑《つか》み取りでポジションが決まっていた。ところが、山口理論はこう喝破《かっぱ》したのである。

「草野球といえども勝たねばならぬ。それには一番多く球を扱う機会を持つ一塁手に、もっとも上手な者を配さねばならない。一塁手がポロポロやっていたのでは野球にならないからである。次に草野球の打者は振り遅れるのが常だからどうしても二塁ゴロが多くなる。そこで二番目に上手な者を二塁手にせよ……」

投手にしてもそうで、それまでは速い球を投げる者が投手というのが相場だったけれど、

「草野球の投手はストライクを投げることのできる者がつとめるべきポジションである。いくら球が速くても四球連発では試合にならぬではないか。またプロ野球の投手の猿真似《さるまね》で外角低目ばかり狙《ねら》う馬鹿者《ばかもの》がいるが、たいした制球力もないのに外角低目を狙うなぞは言語道断である。草野球の投手はストライクさえ投げていればいいのだ……」

これらの山口理論は、全国の草野球のレベルをずいぶん向上させたのではあるまいか。すべて図星、どの指摘も核心を射ていたからである。

さて、その日はこの山口理論の創始者のお葬式の当日で対談相手は野球小説の名手、しかも対談の主題は野球であるから、わたしとしては一所懸命にこのゲームについて考えざるを得なかった。そしてそのときに胸中を去来した雑感を改めて整理して並べると……

第一に、徹底したチーム対抗のゲームでありながら、同時に徹底した個人対抗の一騎打ち的ゲームであるところが奥深くて面白いのではないか。たとえばプロ野球。各チームは勝率を競い、リーグの、そして日本の覇権《はけん》を争う。しかしそれと同時に各選手は個人記録の積み上げをも目指すのである。打者であれば、出場試合数、安打、二塁打、三塁打、本塁打、塁打、打点、勝利打点、盗塁、犠打、犠飛、四球、故意四球、打率、長打率などを競い、投手であれば、登板数、投球回数、完投数、完封勝利、無四球、奪三振、自責点、防御率、勝利、セーブなどを争うのだ。こんなに個人の数字がモノを云う世界は稀《まれ》である。そしてこれらの数字がいくたの英雄たちを、豪傑たちを、そして怪傑たちを生み出す。

たとえば宇佐美徹也《てつや》さんの『プロ野球データブック』（講談社文庫）や、日本野球機構の『日本プロ野球記録大百科』を開いて数字の行列を眺《なが》めるときのよろこび！　その数字の行列の背後から、カン！という打球音やスタンドの観客たちのざわめきが浮かび上がって来、カツカツとスパイクを鳴らしながらベースを駆け抜けるユニフォーム姿や名人や達人たちのバットの扱い振りやグラヴ捌きが見えて来る。数字の後ろに半世紀を超える歴史が、もはや戻ることのない懐《なつ》かしい時間がぎっしり詰まっているのである。つまり野球の数字はただの数字ではない。われらの英雄たちが成し遂げた偉業、その神話的な物語が数字で書かれているわけなのだ。

もとよりプロ野球ファンは成績のいい選手ばかりを記憶しているのではなくて、一例をあげれば、昭和三十四(一九五九)年に一試合だけ大洋ホエールズの本塁を守った橋本勝磨《かつまろ》捕手のことも数字が残っているからこそ覚えている。三度打席に立って三振が三つ、そしてたったの一試合だけで消えて行ったが、全打席全三振という、哀れで悲しいような、それでもまことに突出した記録によって、彼は永久に記憶される。個人記録が野球に無駄《むだ》な選手など一人もいないということをわたしたちに教えてくれているのだ。これが野球のもっともすばらしいところだろう。

第二に、力いっぱい投げ、力いっぱい打つところがいい。他のゲームはグラウンドが区切られており、その区切りからボールがはみ出してはいけないことになっているが、野球はちがう。フェアグラウンドの中でなら力の限りに投げ、かつ打ってよろしい。人間の持つ力をもっとも素直に信頼しているゲーム、それが野球なのではないか。

第三に、野球はじつに単純であり、同時にまことに複雑である。野球ゲームを個々の単位まで分解すると、投手はストライクを投げるか、ボールを投げるかのどちらかであり、打者はそれを打つか打たぬかのどちらかだ。打者が打てば、フェアかファウルのどちらかであり、同時にそれはゴロかフライのどちらかだ。打者の立場に立てば、フライは捕られるか捕られないかのどちらかであり、ゴロのときは、一塁へ自分が間に合うか間に合わないかのどちらかだ。じつに単純な二者択一ではないか。しかしこの単純な二者択一が何十、何百と積み上げられて行くうちに、たとえば逆転サヨナラ満塁釣《つり》銭《せん》なしの本塁打というような複雑怪奇きわまる、この世にあり得べからざる劇的な一瞬が到来したりするのである。

第四に、地を噛《か》む猛ゴロと青空に消えて行くかと思うばかりに高く舞い上がるフライという対比がある。これほど地面と青空とを同時に、いっぱいに使うゲームも珍しい。いわば野球は自然(大地と天空)との合作なのである。だから球場に行くのがたのしいんだな。その意味で、わたしはドーム型球場や人工芝はこのゲームに合わないと考えている。

第五に、これはとてつもなく政治的なゲームだ。投手と打者の駆け引きや監督の采配《さいはい》などを指して政治的だと云うのではない。もっと本質に近いところで政治的なのだ。まず投手と捕手を中心とする守備側がボールを支配している。権力は明らかに守備側にある。時間は守備側のものだ。そして打者は、時間を支配する権力に一本のバットを武器に挑戦《ちょうせん》する。打者が外野の塀《へい》の向こうにボールを打ち込めば革命がおこり、時間はすべて攻撃側のものになる。こういうわけで野球は、一球ごとに球場の時間の支配権を争うゲームなのである。こんなゲームが面白くないわけがあろうか。だれだって政治的なことは好きなんだし……。

そしてなによりも野球は、ホームを目指すことを眼目にしたゲームである。とりわけ打者にはそうだ。ホームに立って球を打ち、そうしてそこから再びホームへ帰還することだけを念じている。いま嵐《あらし》の中へ船出しようとしている彼は果たして無事にホームへ帰ってくることができるだろうか。こうして野球は人生の比喩《ひゆ》ともなったのだ。

じつのことを云うと、野球ゲームが胚胎《はいたい》しているこの真実をだれよりも早く、そしてだれよりもたしかに発見したのが赤瀬川隼さんだった。とりわけこの一冊に収められた作品群は、そのすべてがホームへの帰還を主題にしている。だからみんなすてきな作品ばかりなのだ。

（赤瀬川隼著『ダイヤモンドの四季』　新潮文庫　一九九五年十月）

◇ここで触れられている赤瀬川と井上の対談とは「甦れ、日本野球」（『オール讀物』一九九五年十月号、文藝春秋）のこと。

解　説――某作家による、ある創作講座における一回目の講義録
〔久世光彦著『一九三四年冬―乱歩』〕

この創作講座の教科書はこれからの十二回の講義を通して同じ本です。終始一貫して、この、久世《くぜ》光彦《てるひこ》さんの『一九三四年冬―乱歩』の新潮文庫版をテキストに使います。このことは募集要項にも書いておきましたし、それから受講希望者は第一回の講座の前に必ずこの本を一読しておくようにと書き添えてもおきましたが……。今、ちらっと目を伏せた方が二、三人いる。まだ読んでいない方がおいでのようですな。まことにもったいない話であります。

これは事務室で聞いた話ですが、皆さんの中のどなたかが、「テキストに、志賀直哉《しがなおや》の『城の崎《きのさき》にて』とか『焚火《たきび》』とか、そういう定番の名作は使わないんですか。こんな新しい作家の小説がテキストだなんて大丈夫かしら……」と、なにか苦情のようなものをおっしゃったらしい。その人はまたこうも呟《つぶ》やいたという、「この講師の先生ですけど、あまり聞いたことのない名前だわ。ほんとうに小説家なんですか」とね。

たしかにわたしは流行《はや》っていない。なぜ流行らないか。理由はこのわたしが一番よく知っている。ひと言で云《い》って、小説を書くには欠けているところがありすぎるのです。そこで逆に、わたしが自分に欠けているところを皆さんに云い、その欠けているところを補うことのできる人が皆さんの中にいれば、その人は必ず天晴《あっぱ》れな小説家になれるはずだという論が成り立ちます(笑)。そういう意味で、わたしはたしかに小説家としては四流、五流かもしれないが、創作講座の講師としては一流であると、これは胸を張って申し上げることができる。とにかくわたしのようにならなきゃいいんですから話は簡単でしょうが。

さて、この『一九三四年冬―乱歩』でありますが、これはとてもいい小説です。だからこそ、この講座のテキストに選んだわけでもありますが、しかしただ「いい小説」というだけではない、同時にこの小説はじつに複雑で細密な構造を備えてもいる。

では、どこが複雑で細密か。まず、この小説を、ごく当たり前のやり方で要約してみましょう。

〈作家的危機の真《ま》ッ只中《ただなか》にあった江戸川乱歩の、ある冬の四日間の克明な記録〉

こんな当たり前の次元で見てみても、この小説はよくできています。乱歩の小説をよく読み、乱歩の日常生活をよく調べ上げて、作者は一人の作家の人間像をじつに立体的に、そしてじつにみごとに描き上げております。乱歩が無類の風呂《ふろ》好きで湯にひたりながら居眠りする癖があったこと、食卓での彼には料理を一品ずつ食べる癖があったこと、温めたミルクが嫌《きら》いだったこと、口に三粒、仁丹を含めば頭がすっきりすると信じていたこと、鼻詰まりになる癖があって、ミナト式の鼻通しを愛用していたこと、手帳は講談社のものを用い、万年筆はペリカンを愛用していたこと。……これらはほんの一例ですが、いい小説なら必ず備えていなければならない細部のおもしろさがこの小説には惜しげもなく詰め込まれております。小説は説教ではない、論説でもない、ましてや論文であるはずがない。小説の原料は豊かな細部、これ一つなんですね。作者はそのことをよく御存じです。なんといってもそこがこの小説の素敵なところなんですな。そんなことはだれでも知っているよとおっしゃる方が大勢おいでになるだろうと思いますが、しかしたいていは原稿用紙を前にするとつい理屈を捏《こね》たくなってしまうものでありまして、じつはこのわたしも……(咳《せ》き払《ばら》い)。

そういうわけで、この小説はごく当たり前の次元でまず立派にできているのです。この頑丈《がんじょう》無類な地盤の上に、何十もの柱や梁《はり》が入り組んで組み上げられ、それらが全体として一つの宇宙を形作っている。たとえば、柱の一つは乱歩の評伝であり、別の一つは探偵《たんてい》小説論であり、また違う一つはエドガー・アラン・ポー論であるという風に。どこが評伝で、どこまでが探偵小説論かは、ここではとくに指摘をいたしません。それは皆さんで楽しみながら探し当てていただくことにしましょう。

ただし、次の一点だけははっきりと指摘しておきたい。この小説の中には、もう一つ、『梔子姫《くちなしひめ》』と題した中編小説が入っているのです。加えて、この『梔子姫』は、この小説が扱っている四日間で乱歩が書いた作品ということになっていますから、作者の久世さんは乱歩の贋作《がんさく》を一つ仕上げたわけで、それもじつはこの小説のおもしろさ、あるいは凄味《すごみ》の一つになっているのですが、それはとにかくとして、この小説は、云うならば、〈小説が、小説を抱く〉という構造になっています。別に云えば、この作品は、〈小説という表現形式で、小説とはどのような表現形式であるかを考える小説〉なんですね。二十世紀芸術が行なった代表的実験は、絵画をもって絵画の意味を、演劇をもって演劇の意味を、そして音楽をもって音楽の意味を考えるということでしたから、小説をもって小説の意味を考えようとしたこの作品は、当然、実験小説としての色合いも持っております。これはよほど時間をかけないとできない仕事でして、わたしのような思いつき一つですぐペンをとってしまうような小説家には……(声が詰まる)。

……ところで、ここまで何度か、「いい小説」という言い方をいたしましたが、これは肝腎要《かんじんかなめ》なところですから、話をこの一点に引き絞ることにいたします。細部が豊富で、作品の構造をなす柱や梁が立派に組上がっていて、その上、実験性もある。だからこれは「いい小説である」と云えるかというと、じつはそう簡単には行きません。それ以前に言葉という大問題がある。七面倒なことを云えば、小説言語、これがじつに小説の根本問題なのであります。その小説家が、その小説のために、どんな言葉を選んだか。そしてその言葉をどのように使っているか。この二つの関所で、あらゆる小説は厳しく篩《ふるい》にかけられるのです。豊かな細部も、立派な構造も、そして実験性も、すべてこの二点を満足させてからの話、どんな作品も、まず、この関所を通らなければなりません。ここで満点を取らない限り、その作品は「いい小説」にはならないのです。小説とは言葉の芸術のことですから、これは当然のことではありますが。

このことを頭にしっかり叩《たた》き込んだ上で、テキストの『一九三四年冬—乱歩』を開いてみましょう。序章は、乱歩が麻布《あざぶ》箪笥《たんす》町《まち》の小さなホテルで風呂につかっている場面から始まりますが、ここに使われている言葉を一つ一つ丁寧に吟味してください。わたしならば、たとえば、「身勝手はお互い様」「かねがね気にしていた神経衰弱」「軒燈《けんとう》が昼間から点《つ》いていた」「麗々しく表札を掲げて、あの恥この恥天下に曝《さら》して」「不都合など何もない」「勿体《もったい》ぶって」「その道すがら」「思案したことさえ」「日向《ひなた》に干した古綿が日差しにだんだんほぐれて行くように」「父親の人生をたまらなく不憫《ふびん》に思った」……といった言葉が脳細胞のどこかに軽く引っ掛かる。どの言葉も、だれもがまだ使っているようで、じつは半分死んでいる感じがある。それでいて、いかにも日本語らしく日本人の気持によく似合った言葉でしょう。ここなのです、この小説のすぐれているところは。

こういった半死半生語が一つ一つ積み重なって行くたびに、それらの言葉の列に導かれて、読者であるわたしたちはゆっくりと時間を逆上り始める。それらの半死半生語が現役として活躍していた時代の住人になる。そうして容易に一九三四年の麻布の西洋人専用の安ホテルに入り込むのです。言葉は単に意味を伝えるための道具ではない。日常ではそれでもいいかもしれませんが、小説言語はまるでちがう。言葉は意味を伝えるばかりではなく、その言葉の持つ、大勢の日本人に使い込まれることで逆に身につけてきた様ざまな感情を読者の胸に送り届けなければならないのです。どんな言葉も歴史を持ち、その歴史にふさわしいイメージを持つ。この、言葉が本来持っている固有の歴史と固有のイメージを大切にし、かつ利用し、そしてその歴史とイメージを読者に送り届けるのが、小説家の、いや、劇作家も詩人もひっくるめて、言葉で宇宙を創造する者の最初の、同時に最後の仕事なのです。
この小説をお読みになった方ならきっと賛成してくださると思うのですが、読者は、この小説を読む間、一九三四年の、西洋人専用ホテルに漂うパンやバターやコーヒーの匂《にお》いを嗅《か》ぎ、廊下の灯《あか》りの具合や乱歩のいる二〇二号室の室内の温度まで感受することができる。それもこれも、作者が一つ一つの言葉を、とくに半死半生語を細心の注意をもって使っているからで、この作業ができない人は、他のことをどんなに勉強したところで、ろくなものは書けやしません。では、そういった言葉に対する感覚をどうしたら研ぎ澄ますことができるかということになりますが、……それは(涙声になる)、それは、その、天分と云いますか、才能と云えばいいのか……(ハンカチを出して鼻を拭《ふ》き)とにかく、わたしたちとしては、こういう作品をよく読んで、なんとかして……。ちょっと失礼。事務室でお茶を一杯、呼ばれてまいります。そのあいだ、先を読んでおいてください。

(久世光彦著『一九三四年冬―乱歩』新潮文庫　一九九七年二月)

導きの糸　〔『米原万里、そしてロシア』に寄せて〕

なにかコトにぶつかったときは、そのコトガラをまず正面からじっと見つめて、つぎに横から思案し、斜めから確かめ直し、さらには裏から検証して、考えるだけ考え抜いた末に、自分の意見をしっかりと築き、それからはもう大胆不敵に発言する、あるいは一心に書き綴る。これが米原万里さんのやり方でした。この粘り強さと大胆さはおそらく彼女の父親から――十六年間も地下に潜り続けることであの十五年戦争に静かに異議を唱えた米原昶《いたる》さんから受け継いだものだったと思われます。

自分の意見や知見をじかに露出せずに、風刺や皮肉や哄笑にくるんで、諧謔の精神をもって提示する。これも米原万里さんの方法でした。この諧謔精神はたぶん彼女の母親から――生の中に笑いを見つける達人だった米原美智子さんから受け継いだものだったように見受けられます。

両親から受け継いだ、この粘り強さと大胆さと諧謔精神は、少女時代を外国語の中で過ごさなければならなかったという体験で、さらに精練されたのではないでしょうか。精練されるうちに、これは真実だということを、なにもおそれずに大胆に、そしておもしろく言う、そして書くという、みなさまがよく御存じの強烈な個性ができあがったのでしょう。

二〇〇八年夏からの世界の大変動に揉まれながら右往左往していると、こんなときに米原万里さんならなんと言っただろう、どんなことを書いてくれただろうと、ついムリなことを考えてしまいます。もっと長く生きてもっと書いて喋ってもらいたかった。米原万里さんの一愛読者として、わたしは今日も彼女の不在を痛切に感じています。しかしそれはただの繰り言、彼女が遺してくれた作品を読んで、その答えを探すしかありません。どんな時代にも通用する導きの糸を、彼女はきっと用意してくれているはずだからです。（伊藤玄二郎編『米原万里、そしてロシア』二〇〇九年四月　かまくら春秋社）

4 自作を語る

作者のことば

『モッキンポット師の後始末』

これはわたしが書いたはじめての小説である。ドイツの劇作家ペーター・ヴァイスに「モッキンポット氏の災難退治」という抱腹絶倒の喜劇があるが、むろんそれとは何の関係もない。この小説のモデルである神父が、いつも口癖のように言っていた間投句が「モッキンポット」であり(そのため彼は「モッキンポット」というあだ名をつけられていた)わたしもしばしばこのコトバを投げつけられていたのだが、あるとき、神父にこのコトバの意味を問うと、彼はこう答えたのだった。「人の真似をして嬉しがっている人物のことで、つまり俗物のことですね」

人のする小説なるものをわれもしてみようというわたしは、やはりモッキンポットたちのひとりなのであろう。

(日本文芸家協会編『現代の小説　1971年度前期代表作』一九七一年九月　三一書房)

◇井上ひさしは、七〇年代、日本文芸家協会編のアンソロジー『現代の小説』の常連であった。そこには必ずこのような自著紹介文が掲載された。また、一九七七、七九年度版ではまえがきも担当した。それらも併せて、すべてを収める。

『仕出し屋マリア』

浅草で働く前は、さる国立療養所の事務雇をしていた。その療養所では月に二人は患者が死んだ。したがって、医師は患者にとって神のような存在だった。まったく病死の心配のない軽症患者も、医師の顔色から自分の運命を読み取ろうと必死になっていた。

療養所の前は、カトリックの孤児院にいた。ここには当然、神がいた。わたしたちにとって、監督の修道士は神の代理人であり、公教要理や聖書は神の言葉そのものだった。神はわたしたちのありつく飯粒のひとつぶひとつぶにも遍在した。

だが、浅草には取り立てていうほどの神はいなかった。人はそこではのびのびと振舞い、自由に暮していているように見えた。強いていえば、そこの人たちの神は彼等自身だった。わたしは、ここではじめて人間にも結構強いところがあるということを知り、ひどく陽気になった。

浅草で暮した期間は短かいのに、浅草を忘れることがないのは、そのときの印象があまりにも鮮かだったせいだろう。あのときから、わたしは神の支配下から脱走した。

（日本文芸家協会編『現代の小説　1972年度前期代表作』一九七二年八月　三一書房）

『いとしのブリジッド・ボルドー』

小説と戯曲との二筋道を歩いていると、ときには不都合なことがおこる。

たとえば、題材の選び方だが、どうも荒唐無稽な材料は戯曲に、体験を芯にしたいかにもありそうな素材を小説に、という具合に自然に選別してしまう癖がわたしにはあるようだ。

はじめのうちは、一生に書く小説の数は二十か三十だろう、それぐらいの本数なら体験を切売りすればなんとか間に合うはずだと高を括っていたのだが、この計算は大外れで、あっという間に目ぼしい体験は売切れて、戯曲を書くときのように話を作らなくては間に合わなくなってしまった。そこで絵空事をこねあげて小説を書くことになったのだが、その最初のがこの小説なのである。つまりはじめて小説で嘘を吐いたわけだ。はじめてなのでしどろもどろの嘘である。みっともない。なんとかして戯曲を書くときぐらいの上手な嘘の吐き技術《かた》と度胸を手に入れたいものである。

（日本文芸家協会編『現代の小説　1972年度後期代表作』一九七三年三月　三一書房）

『浅草鳥越あずま床』

東京都台東区浅草橋というところは、無責任な言い方を許してもらうなら、とてもおもしろいところである。

太平洋戦争では空襲を受けず、また関東大震災では家屋の倒壊を免れたせいか、街並のたた住いがなんとなく明治風であり、そこに住む老人たちときたら江戸風なのである。理髪店《かみどこ》や銭湯《ゆうや》などの旧い言い方が幅をきかせているのも、そしてその銭湯《ゆうや》が一帯の人たちの生活の中心になっているのもその証左だろう。

だが、最近、関東大震災や太平洋戦争よりももっとすごい怪物がこのあたり一帯を徘徊しはじめた。この怪物が老人たちの旧い生活様式をねじ曲げ、駆逐しはじめたのである。その怪物の名は近代化とか合理化とか、いろいろに名付けられるだろうが、この小篇は、土地の老人たちがその怪物によって、どんな具合に組み敷かれて行くかを書いたものだ。

（日本文芸家協会編『現代の小説　１９７３年度前期代表作』一九七三年十一月　三一書房）

『踊る金髪浅草寺』

この春に刑法が改正になる、という噂である。改正の重点はどうやらポルノの取締にあるらしく、たとえば、これまでは猥褻行為をしたストリッパーだけが罰せられ、それも四十八時間以内で略式判決釈放だったのが、この春からは、ストリッパーだけではなく、それを見た観客も「犯行協力」ということで、処罰の対象になるそうだ。むろん四十八時間で釈放も夢物語、ストリッパーたちは初犯で十二日間の別荘泊りを覚悟しなくてはならなくなる。

となるとこの小説に登場するような天狗レズビアンやこけしレズビアンも姿を消すことになるだろう。諸事万端モノ不足の世の中で、不足しないのは女の体ぐらいのもの、だからこれだけはふんだんに出廻らせておいてよいはずだと思うのだが、お上《かみ》はやっぱりいつもの手を使い出したようである。

寛政の改革、天保の改革、そして昭和初年から十年代の軍部独裁と、お上は己れの失政を隠そうとする必要があるときは、きまってエロをまず取締るのがきまりである。

エロの取締の次にお上が何を企てようとしているのか、ぼくたちはしっかりと眼を見開いて見据えていたほうがいい。

（日本文芸家協会編『現代の小説　１９７３年度後期代表作』一九七四年三月　三一書房）

『合牢者』

歴史家たちによる攻究をきわめた「明治維新」や、作家たちによる条理をつくした「明治維新」のほかに、わたしの如き駈け出し小説家の乱暴な「明治維新」もあってよいのではないか、という考えがこの『合牢者』の底流にはある。

歴史家や作家たちは「明治維新」をすくなくともよいものとして捉え、維新を進めた人たちを英雄として描くが、わたしはどういうものかそういう立場につくことができない。むしろ、あの時期に海外列強によって侵略され、踏みにじられるだけ踏みにじられていた方が、長い目で見れば、日本のためだったのではないか、とさえ思うのだ。あのときの中途半端な改革が今日の日本の中途半端さを育てたのではないか。もう起ってしまった歴史に「もしも」という推定を構えることの愚は充分承知のうえで、わたしはこれからも、「明治維新」はつまらない補填策だったという立場で、いくつか明治物を書いてみたいと考えている。

（日本文芸家協会編『現代の小説　1974年度前期代表作』一九七四年九月　三一書房）

『恐れ入谷の鬼婆』——老後のために

この老年六人組シリーズはすでに十二作を数えているが——前半の八作は『浅草鳥越あずま床』（新潮社）という題の一冊にまとめてある——このシリーズを書くときにはいつも、日本の支配者となるには、例外はあるにしても、東京（帝国）大学法学部を出ていなければならない、という鶴見俊輔さんの指摘があたまのどこかにある。

尋常小学校を最終学歴とするこの老人たちは日本を支配する東京(帝国)大学出身者とは対極的存在であり、その故にこそ、支配者たちの好伴侶なのだ。
だからべつにいえば、将来こういう老人たちにはなりたくないとおもいながら、だれかを支配し、だれかに支配される枠組からはなれたところで老年を(もしもそれだけ寿命があればのはなしだが)送りたいと考えながら、わたしはこの六人の老人たちのルサンチマンを書いているつもりではある。簡単にいってしまえば、わたしはこういう老人たちにはなりたくない。

(日本文芸家協会編『現代の小説　1975年度後期代表作』一九七六年五月　三一書房)

『鳥』

この短篇をわたしは〈言語ことだま説〉にたいするささやかな挑発のつもりで書いた。べつに言えば、一度でよい、〈言語はただの記号である〉という極論に身を寄せないかぎり、この国の差別状況や天皇支配体制を糺すことはできないだろうと考えたわけだ。もっともこんなことはどうでもよろしいので、おもしろく読んでいただければ、それだけで作者冥利につきる。

(日本文芸家協会編『現代小説1976』一九七七年七月　角川書店)

『笑う男』

まえがき――企てのある小説　〔『現代小説1977』より〕

この一冊に集められた小説を、正確にはなんと呼ぶのか、筆者は不案内である。とにかく「純文学」とかいうものでないことだけはたしかだが。これまでの慣例に従えば「大衆」とか「娯楽」とか「中間」などの二文字を「小説」の上に乗せればよいのだろうが、口の悪い人のなかには「……小説」と呼ぶのもいやだ、という向きがあって「娯楽読物」などとおっしゃる。

　このようなことを書くと、呼び方なぞどうでもいいじゃないか、と渋面作って横向く方もおいでになるだろうけれど、筆者はちょっと呼び方にこだわってみたい。孔子を持ち出すのは大袈裟だが、論語の「名を正すことが大切である。もし名称が正確でなければ、ことばは事物の真実に照応しないであろう」(『子路篇』)をなかなかいい一節だと思うからである。

　さてそれにしても、この一冊に集められた小説をなんと呼ぼうか。熟さない言い方だが「企てのある小説」というのが、さっきから筆者の脳裡に泛《うか》んでは消え、消えては泛んでいる。「企て」を「趣向」、あるいは「工夫」、さもなくば「仕掛け」と取っていただいてもよろしいが、この集の作者たちはとにかく、企てをもって人生から「真実」を汲みとろうとしているようにみえる。『平家物語』の作者群は、寿永三年の春まだ浅い瀬戸内の海へ身を投げた小宰相《こざいしょう》・平通盛の妻の体に重い甲冑《かっちゅう》を結びつけるのを忘れなかった。その甲冑は、先《さき》に一谷合戦で討死した通盛の愛用品である。「練貫《ねりぬき》の二つ衣《ぎぬ》に白き袴」の、宮中一の美女の白い肢体と重く華やかな大鎧《よろい》の組合せ、これが「企て」なのである。平家の公達《きんだち》の身体を飾った栄華の鎧が彼を恋い慕う二十三、四歳の美女を引きずって海中深く沈んで行く。平家一門の擡頭《たいとう》から没落までの時間が、この数秒の一光景に凝結する。まったく見事としか言いようがないが、その出来栄えはとにかくも、この集の作者たちはいずれも、こういった「企て」を企てることを生甲斐にしている。人生の真実を虚飾をまじえずありのままに書くのも一見識ならば、それを企てという発条《ばね》によって描こうとするのも一見識である。どちらが勝り、どちらが劣るということはなかろう。

＊

喜劇役者が功なり名をとげると、ふっと真面目な芝居ばかりするようになる。劇評家たちはそこで「あいつめ、金と名前ができたとたん他人《ひと》に笑われるのがいやになったらしい」と筆誅を加える。――こういった応酬をわたしたちはよく見かけるが、じつは劇評家のほうがまちがっているので、他《ひ》人《と》を笑わせようと試みる者は途中できっと気が狂う、真面目になるのはその防衛策なのだ。このシリーズは、他人《ひと》を笑わせつづけようとして狂気の世界へ入り込んでしまった十人の役者たちのことを書こうとしてはじめたものであるが、まだ未完、五人ぐらい書いたところで中絶している。

（日本文芸家協会編『現代小説１９７７』一九七八年六月　角川書店）

◇この巻には、ほかに『分屯隊の家族』（伊藤桂一）、『ぐれはまちどり』（色川武大）、『水素製造法』（かんべむさし）、『アムスの二十五時』（黒岩重吾）、『高砂幻戯』（小松左京）、『夕顔尼』（今東光）、『女の肖像』（芝木好子）、『ヒモのはなし』（つかこうへい）、『関節話法』（筒井康隆）、『梔子』（藤本義一）、『連翹の街』（虫明亜呂無）、『お弘』（和田芳恵）等全二十五編を収録。

『〝さそり〟最後の事件』

青年時代、半年足らずの期間だったけれども、衣類の行商をしていたことがある。昭和もまだ二〇年代で、ジャンパーや木綿の作業ズボンがまだ貴重品扱いされていたころのことだ。行李を背負って、岩手・遠野郷の小さな集落を訪ねて歩き、寺の本堂や集落の有力者の家の縁側に行李の中身を並べて商う一方で、次回の訪問の際に持ってくる品物の註文を伺う。これがその仕事の大よそだった。

そのときに、物を売ることの難しさとたのしさとを味わった。やがて商いに慣れてくると、物を押しつけることの悦楽とはちょっと大袈裟だが——に溺れるようになった。その悦楽の正体を知りたくて、このさそりシリーズを書いたのだが、シリーズ最終作のこの作品には、そこのところがあまりよく出ていない。できればシリーズを一冊にまとめたもの（文芸春秋刊『さそりたち』）をお読みいただきたい。そうしていただけたらどんなにうれしいだろう——、とほれまた物を押しつける悪い癖が出はじめた。

（日本文芸家協会編『現代小説1978』一九七九年六月　角川書店）

『他人の眼』

まえがき　〔『現代小説1979』より〕

この二十世紀の小説家たちは不幸な星の下《もと》に生まれた。その意味で彼等はかわいそうな種族である。

十九世紀末までの約二百年間、小説は人びとにとって「娯楽の王」でありつづけた。競合するものは劇場と音楽会ぐらいなものだった。その劇場や音楽会といえども、小説の強敵ではなかった。劇場や音楽会に行くには、きちんとした服装をしなければならなかったし、その衣裳代で人びとは何冊もの小説を買うことができた。貸本であれば衣裳代で何十冊も借り入れることができたのである。だいたい、小説は時間を喰わない。劇場や音楽会への往復の時間に数十頁は読める。また小説を読むのにエチケットもへったくれもない、社交の技術もいらぬ。人びとは寝そべってピーナツや炒り豆をかじりながら〈物語〉をたのしんだ。小説は人びとに安上りで、気楽で、そして充実したたのしみを与えていたのである。小説家たちは「おもしろくて、なにかいいものを書けば、かならずむくわれる。きっと読者がついてきてくれる」ということを信じて机に向っていた。思えば仕合せな時代だった。

ところが二十世紀に入ると事情がかわりはじめた。まず、ラジオが小説の読者を盗みはじめた。読者に新しい情報を与えるという小説の重要な武器をラジオがそっくり盗んでしまったのである。小説《ノヴル》の語源はラテン語のnovus（新しい）だ。この、なにか「新しい」情報を「物語」の枠にのせて読者の許へはこぶという小説の大事な機能がラジオによって奪われたのだ。

ついで映画が出現した。映画は小説の根本である「物語」る機能さえも強奪した。さらにテレビ。人びとは現在《いま》、寝そべってピーナツや炒り豆や即席ラーメンをたべながらテレビが与えてくれる〈物語〉をたのしんでいる。

加えてマンガは小説の「茶利《ちゃり》な」部分を侵犯し、劇画は小説の「啓蒙的な」部分、「教養的な」部分をくすねている。たとえば青柳裕介の『土佐の一本釣り』は土佐の漁師町のジャンクリストフだし、はるき悦巳の『じゃりン子チエ』は浪花《なにわ》のホルモン焼屋の赤毛のアンである。いまや劇画が、かつての大河教養小説の役目を果している。

つまり小説は、その機能や効能のあらかたを後発の大衆娯楽によって喰い荒されてしまったのだ。別にいえば小説家たちは、戦うための道具を根こそぎ、ラジオ、映画、テレビ、マンガ、劇画などによって取りあげられてしまったのである。小説家たちに残された道具はすくない。わたしの見るところではもはやふたつしかない。ひとつは、〈考える人〉として、世の中の流れに抗しつづけ、絶え間なく「否《ノン》」を発しつづけること（ラジオ以下の後発大衆娯楽には「否《ノン》」を叫ぶ働きがあまりない）。もうひとつは、ことばにこだわりつづけること、である。ことばにこだわる。これは小説にしかできない仕事だ。後発の大衆娯楽も、この一点ではどうしても小説にはかなわない。ここに収められた小説群は、いずれも右の二点に両足をおろしてしっかりと立つ。読者は、かわいそうな種族である小説家が、しかし健気にもまた雄々しく最後の武器をとって戦う姿をこの一冊にみるであろう。

*

ことばによっておもいえがく。すべてがこの一行の呪文で可能になる。ただそれだけを考えて書いた。

（日本文芸家協会編『現代小説１９７９』　一九八〇年六月　角川書店）

◇この巻には、ほかに『夢判断』（阿刀田高）、『日曜日は赤』（石橋喬司）、『炎』（井上靖）、『浅草をんな』（川口松太郎）、『三十三回忌をすませて』（源氏鶏太）、『浪曲師朝日丸の話』（田中小実昌）、『地図の朝』（辻井喬）、『処女の時間』（野坂昭如）、『ガラスの夜』（畑山博）、『縺れ糸』（半村良）、『アンドロメダ占星術』（堀晃）、『おだての階段』（眉村卓）、『李永泰』（水上勉）、『骨の音』（結城昌治）等全二十二編を収録。

自作をめぐって

二人の神父　〔恒松龍兵著『ベンポスタ・子ども共和国』序〕

昭和二十年代の後半、中学三年の秋から高校卒業までの三年六カ月、私は仙台市の東北の郊外の、美しい松林の中に建てられたラサール・ホームというカトリック系の児童保護施設で、自分ではそうと気付かぬうちに、ラサール精神を学んだ。

ラ・サールとは人の名である。一七世紀後半から一八世紀初めにかけて、フランスの青少年教育に革命をもたらした神父の名だ。岩波書店発行の『西洋人名辞典増補版』に略歴が載っているので、まずそれを引く。

ジャン＝バプティスト・ド・ラ・サール Jean Baptiste de La Salle（1651. 4. 30.–1719. 4. 7）フランスの聖職者、聖人。〈キリスト教職会 Fratres Scholarum Christianarum（ド・ラ・サール会）〉を設立し（一六八一）、青少年教育に尽し、フランスの学制に大きな影響を及ぼした。のちこの会は全世界に拡まった。また、パリに師範学校をたて（八四）、更に最初の日曜職業学校を設けた（九九）。

ものはついでということもある。ほかの事典も引いてみよう。

……フランスの司祭、教育者。「キリスト教学校修士会(ラ・サール会)」の創設者。ランスの富裕な司法官職の家に生まれる。一六歳でランス聖堂参事会員、二七歳で司祭となる。すでに貧困児童の教育に携わっていたラ・サールは、一六七九年アドリアン・ニエル Adrien Nyel と共同してランスに無料の初等学校を開き、これを母体として八一年に貧民子弟のキリスト教教育を主目的とする世界初の教師養成機関「キリスト教学校修士会」を創立、その後八四年の飢饉《ききん》を機に参事会の栄職を辞し、全財産を投げ捨て民衆教育に専念した。／「近代教育の先駆者」とよばれたラ・サールは、ラテン語を廃してフランス語で書かれた教科書を児童に学ばせ、また個人教授法をやめて学力別学級編成による同時教育法を採用するなど初等教育を改革し、中等教育や職業教育の充実にも努めた。学校教育による社会の改革を目ざしたその事業は、彼の死後も幾多の障害を克服して発展し、同会はフランス革命直前に一二八の修道院と学校、九三〇人の会員(＝修道士。井上注)、約三万六〇〇〇人の生徒を数え、現在では世界中に約一五〇〇の修道院や学校、一万二〇〇〇人の会員、八八万の生徒を擁している。同会は一九三二年(昭和七)に日本での活動を開始し、第二次大戦後では鹿児島と函館《はこだて》で中・高一貫教育の学園、仙台で養護施設を経営する一方、東京にラ・サール会の会員養成所を開くなどして教育活動にあたっている。〈石川光一〉(小学館刊『日本大百科全書』)

この、仙台で経営している養護施設というのがラサール・ホームであり、中・高一貫教育の学園の一つが東大その他の一流大学へ大勢の合格者を送り出していることで有名な鹿児島ラサール学園なのであるが、それはそれとして、右に引用した簡潔な略伝からも、この神父が、

「社会の改良は、子どもたちにどれだけ質のよい教育が授けられるかどうかにかかっている」

と考えていたことが窺《うかが》い知れる。別に言えば、彼は、

「社会を変えるとは、教育のあり方を変えることである」

と信じていた。この考え方は、ベンポスタ・子ども共和国の創始者であるシルバ神父の、たとえば、次のような言葉と双生児の間柄にある。

「……大人の場合は、いざ行動を起こす段になってみると、家庭があったり会社や仕事があったりと、身のまわりの制約が多く実行に移すには難しい条件が重なりすぎます。／その点、子どもの場合は、社会的な制約は少ないわけで、受け入れられる要素は多いのです。精神的にも世の中の仕組みに組み込まれていない状態ですから、物事の善し悪しも、純粋な形ではっきりと見えうる資質を持っています。／そういう意味でも、ゆっくりした教育の過程で着実に歩を進めていくのは、子どものほうです。こどもこそが、世界平和を目指す原動力になりうるのです」（本書173ページ）

カトリックには、「世直し人《びと》は幼子《おさなご》キリストに似た姿でやってくる」という信仰がある。その信仰がこの二人の聖職者に同じ意味の言葉を吐かせたのかもしれない。

さて、話をもう一度、ラ・サールの時代に戻して、当時の学校は個人教授法で授業が行われていた。生徒を大部屋に入れる。教師が順ぐりに生徒の間を回って歩き、ひとりひとりの知力、学力に合せて

勉強を教える。そのあいだ、他の生徒は放ったらかし。大勢を相手にしているように見えるが、じつは一対一、いってみれば当時の教室は、歯医者の診療室とよく似ていた。しかも教師の質が劣悪だった。学者のなりそこないや神学生くずれが僅かばかりの知識の切れぱしを思いつきで生徒に投げ与えて、それでよしとしていたのである。その上、この程度の学校でも、そこへ通えるのは富裕な家庭の子弟に限られていた。

ラ・サールは、こんな教育では子どもの智恵は磨かれることはないだろう、と考えた。このままでは世の中をよりよいものに変えてゆくことのできる子どもは生れない。教師と生徒が一体となって授業を進める方法はないものか。そのためには教師が人間として魅力のあるものにならねばならぬ。その魅力が生徒の心を摑み、それが授業を成立させるエネルギー源にならねばならぬ。また、教材の並べ方、その教材をもっともわかりやすく教える方法、そういったことにも教師はよく通じていなければならぬ。ラ・サールはこうして、

「子どもを教育するためには、その前に教師を教育することが大切である」

という結論を得て、師範学校を発明したのである。

ラ・サールの教育した教師たちは、主として無料の慈善学校へ送り込まれたが、彼等の授業はどこでも大評判になった。子どもたちがおもしろがって勉強する上に、めきめきと実力がつく。評判を聞きつけて金持の子弟までがわっと慈善学校に押しかけてきた。

ラ・サールに敵がふえた。中でも強敵だったのは「筆蹟鑑定専門宣誓人兼習字師匠《メートル・エクリヴァン・ジュレ・エクスペール・ヴェリフィカートル》」たちの組合である。これは簡単に言えば習字のお師匠さんたちのこと。花が咲いたような字体、蔓《つる》が這うよう

な字体、肉太文字に肉細文字などの習字を教えるお師匠さんたちが、そのころは簿記や文典にまで手をのばしていたが、ラ・サールの弟子たちが教えている無料慈善学校に子どもをとられてしまった。師匠連の反撃がはじまる。カトリックの教会のおえら方に献金してラ・サールの弟子たちを無料慈善学校から追放してくれと頼み込む、生徒を引き抜く、ゴロツキに頼んでラ・サールの闇打ちを謀《はか》る……。

歴史は繰り返す。シルバ神父にも似たようなことが起こったらしい。シルバ神父がオレンセの町の、使われずに放棄されていた監獄に一五人の少年たちと、ベンポスタ・子ども共和国の前身であるシウダー・デ・ロス・ムチャーチョス(子どもの町)をつくったのは一九五六年(昭和三一)の秋である。彼等は共同体の維持費を稼ごうとして、廃品回収やコンサートの勧進元やトンボラ(金のかわりに豪華商品が当たる富くじ)の胴元をはじめた。シルバ神父も司祭服を脱ぎ、働きやすいジャンパー姿になった。もちろん司祭の身分を捨てたわけではないが、こんなふうに型破りな生き方をする者に世間の常識とやらは冷たい風を吹かせることに相場が決まっている。そのころ私はシルバ神父のことをカトリック系の新聞の小さな記事で読み、わけもなくわくわくしたことを憶えているが、その記事は非難し、かつ、からかうような調子で書かれていた。

もっとも、そこがカトリックのふところの深さというものだろうか、「彼のやり方は逸脱している」という評が溢れる中に、ときおり「山頂に至る道がいくつあってもいいではないか」という意見も混じっており、こういうのは大司教など高位の聖職者に多い。二千年近くも現役を張りつづけている宗教ともなると、経験則が豊富に貯えられており、そこで、

「これは単なる新奇な動き。これは珍奇そうに見えるが、じつは教会を活き活きさせるために何十年何百年の周期であらわれる古いが普遍的な動き」

こう見究めをつける力が備わってもいるのである。

ラ・サールにも教会上層部に、少数ではあるが支持者がいた。ラ・サールはそういった理解者に支えられて、クラスの編成法を編み出す。同年齢の子どもでも、一を聞いて十を知る子、十を聞いても一しか分からない子とさまざまである。ラ・サールは年齢にこだわらずに、同じぐらいの学力の子どもをひとつの教室に集めることにした。この方法は先に創案した同時教授法をさらに効果的にする。いまも欧米で行われている「飛び級」もまたラ・サールの考え出した制度である。この制度は勉強のできる子をほめたたえるものではなく、むしろできない子を守るために発案されたものであり、ラ・サールはこう言っている。

「よくできる子は教室の害虫である。教師はついついそういう子を相手に授業をしてしまいがちで、それではわれわれが否定した個人教授法と同じことになってしまう。できる子はさっさと上の級へ追い払って、われわれは教室のできない部分に向かって授業を行うべきである」

師範学校の創設、クラス編成法の案出、そして同時教授法の発明——ラ・サールは、現在も行われている初等教育法の太い幹をつくった。その割にペスタロッチほど知られていないのはすこぶる残念である。たぶん私たちは教育を「大人から子どもへ知識や愛を一方的に与えつづけること」としか捉えていないのではないか。だからラ・サールの改革のほんとうの意味がわからないのだろう。

さて、ラ・サールが行った最大の教育改革は、初等教育からのラテン語の追放だった。それまでは、

「ラテン語はあらゆる初等教育の基礎である」とされ、これを疑う者はなかったが、ラ・サールは、

「生涯、ラテン語を使う機会のない子どもたちが、ラテン語を学んで何の益があるだろうか」

と考えた。フランスの子どもにはフランス語を教えてあげよう。靴屋の主人や肉屋の親方になる者にラテン語はいるまい。こう考えて、ラ・サールは慈善学校からラテン語授業を駆逐した。効果はたちまちあらわれて、子どもたちの学力はさらに伸びた。ラテン語なんぞというチンプンカンプンの代物がなくなっただけでも子どもたちは大いによろこんだ。のちにラ・サールはこう言っている。

「ラテン語がなくなってから慈善学校の教室に愉快な火花が散るようになった。学校は、たのしい場所であるべきである。たのしいと思う気持が、子どもたちに知識を吸い込ませるからだ」

子どもたちを知識や愛の一方的な受け手にしないこと、教室を、大人の与える知識や愛に子どもたちが愉快な火花を散らして出会い、ぶつかり合える場所にすること。ラ・サールがめざした教育改革はそういうものだった。

教会側は、こんどは上下こぞってラ・サールに迫害を加えてきた。教会はすべてラテン語で動いている。典礼もラテン語なら、聖歌もラテン語なのだ。ラテン語はカトリック教会の共通語である。子どもたちの中に未来の聖職者や聖歌隊員がいると思えばこそ、教会は初級学校からラテン語を教えるように命じている。こういった教会の方針に異を唱えるとはなにごとか。ラ・サールの率いるキリスト教学校修士会は異端者どもの巣ではあるまいか。教会はラ・サールを追放しようとまで考えたようである。しかしラサールとその弟子団の窮地を救ったのが慈善学校の卒業生たちで、すでに若い父親になっていた彼等は、自分の息子たちをいささかも迷うことなく、どしどし慈善学校に通わせた。

「よいと思ったことは迷わずに実行に移しなさい。よいと思い、同時にたのしそうなことだったら即座に実行なさい。ただし次のことにだけは注意するように。自分がよいと思い、たのしそうだと思っても周囲に迷惑がかかるようであれば、しばらく立ち止まって考えること。これがラ・サール精神です」

私たちは仙台のラサール・ホームでこのように教わった。この教えをまったく実行できないまま馬齢を重ねてきたが、しかし朝な夕なに語り聞かされたラ・サールの生涯は私に、

「真理が必ずしも多数意見の中に隠れているとはかぎらない。いや、それはしばしば少数意見の中に宿っている」

という教えだけはしっかりと刻みつけてくれたようである。

シルバ神父とその弟子団の仕事、そしてその仕事のほんとうの意味に、日本人として、はじめて鋭く深く迫ったこの本に、ラ・サール神父のことを長々と書きつけたのは、シルバ神父がラ・サールの愛弟子《まな》のように思われるからである。

平等と自治と連帯の精神を学校という場所に徹底させたらどうなるか。これがシルバ神父の試みである。たしかにこの考えはまだ少数派に属する。がしかし心ある人びとは誰もが、この本を一読して、こう呟くにちがいない。「ひょっとしたら、ベンポスタの子どもたちこそ、この世でもっとも理想とすべき教育環境に恵まれているのではあるまいか」と。また、こうも呟くにちがいない。「世の中をよりよく改めるには、世界の学校のあり方をこのベンポスタに近づけなければならないのではないか」と。

（恒松龍兵著『ベンポスタ・子ども共和国』一九九一年四月　朝日新聞社）

◇『やあ　おげんきですか』と『黄金の騎士団』にかかわる文章。

『東京セブンローズ』の十年間

十五年前、田中角栄氏が逮捕された年の前後、市井人の日記が古書市場でかなりの高値を呼んでおり、筆者も十冊ばかり入手して、その解析に取りかかっていた。高値の日記には、共通点が一つある。そのときどきのモノの値段を丹念に記録してある日記が、断然、値が高いのである。筆者は、戦後の物価の一覧表をつくろうとして、値の張る日記を集めていたのだが、仕事がのろいので、同じことを考えていた同好の士に先を越されてしまった。物価の推移について書かれた便利重宝な本が陸続と出版されたのだ。そこで、「元手を回収するには、これらを材料にして、小説を書くしかあるまい」という不届きな動機から書きはじめられたのが、この『東京セブンローズ』である。昭和五十七年(一九八二)の春のことだ。

不純な動機の罰が当たり、この小説の執筆中にかならず事件が起こる。一例だけ記せば、昭和六十一年(一九八六)二月二十二日の、筆者の「日録」にこうある。

「午後三時半、『東京セブンローズ』了。悲しいかな、二十八枚しか書けず。娘とこまつ座へ行く。刺すつもりでゾリンゲンの長鋏を手拭に巻いて、ベルトに手挟む」

もとより文弱の徒、鋏を振るう勇気に欠け、さらにこれまた物書きの悪い癖、(この夫婦別れの現場を芝居にしたらおもしろかろう)と、いつの間にか取材者の立場になってしまい、結局は持って出ただけ損であったが、その後も、この小説を書き始めると決まって人生上の大中小問題が出来《しゅったい》し、そのせいか、十年かかってようやく千枚に達したところである。千五百枚の予定だから、この勘定だと脱稿は五年後ということになる。

そこで今回は大いに気合いを入れて机前に座ったが、またしても事件が起きた。今度は赤ん坊が生まれたのである。取り上げてくださったお医者さんが、「おめでとう、タマ付きですよ」とおっしゃった。一瞬、なんのことかわからなかった。もちろん、すぐに「男の子」という意味の術語(?)らしいとぴんときたが、そのとき、赤ん坊が意外なほど力強く泣き声をあげた。それもながながと泣いた。

「この世はまことに涙の谷、辛いことが多いのがこの世の常。その涙の谷に生まれてきたことが悲しくて、こんなにも烈しく、長く泣いているのだろう」

先の短い親父としては、なんだか不憫《ふびん》で仕方がない。親父の方が泣きたくなった。

もっとも、すぐ悲壮がるのは筆者の悪い癖で、さっき病院を覗いてみたら、幸せそうに産衣の袖を吸っていた。赤ん坊の名前はまだない。が、佐介にしようと思っている。人を佐て、また介る。つまり、人に迷惑を掛け続けている親父の罪滅ぼしをこの佐介に……、まったくこの親父は、勝手な親父である。

(『別冊文藝春秋』第百九十八号　一九九二年一月　文藝春秋)

◇実際にこの小説の連載が終了するのはその五年後の九七年四月。単行本化は九九年三月である。

心残り　〔もうひとつのあとがき〕

江戸期の後期は、現在《いま》の私たちが考えるほど窮屈でも退屈でもなかった。窮屈で退屈だったのは武士階級くらいなもので、普通の人たちは案外のびのびと勝手に暮していた。女性史家たちは口を揃えて、江戸後期の女性の地位について、「他の労働奴隷とおなじ〝生ける道具〟として主人の掌握のもとに全人格を失うものであった」(高群逸枝《たかむれいつえ》)といっているが、これは武士の妻女には中《あた》っていても、庶民の女房には当てはまらない。

たとえば持参金制度。これを「嫁入りの時に女房が持ってくるお金」と解しているとまちがう。もしも亭主が女房を離縁したい時は、亭主はこの持参金を持たせて女房を実家に送り返さなければならない。そこで、亭主はたいてい女房を大事に扱った。

万一、亭主から「生ける道具」のように扱われたら泣き寝入りなどせずに鎌倉の縁切寺《えんきりでら》(東慶寺)に駆け込めばいい。鎌倉が遠ければ近くの寺でもいいし、大名屋敷でもいい。女房の言い分に理があれば離縁は成立、二年後には、女房から「房」の字が取れて、めでたくただの「女」に戻ることができる。あとは、「女に腐《すた》れ者なし」という諺通りに再婚、三婚は思いのままである。江戸後期の女性は一般に働き者で経済力があったから、そういう女性を男たちが放っておくわけがない。

柴《しば》桂子さんの研究(『近世おんな旅日記』吉川弘文館刊)によると、江戸後期の女性はじつによく旅をしたという。いちばん多いのは〈神社仏閣参詣に事よせて出かけた物見遊山《ものみゆさん》の旅〉だが、中には文芸の旅というのもある。たとえば〈長門《ながと》国長府《ちょうふ》の田上菊舎尼《たがみきくしゃに》は二十四歳で夫に死別した後、実家へ復籍し、二十八歳の時、髪を剃り尼姿となっ〉て、文政九年(一八二六)、七十四歳で世を去る寸前まで諸国を遍歴し風雅の友と交際したそうである。〈菊舎尼の行脚は二万七〇〇〇キロにも及ぶ〉というから、まことに伊能忠敬先生の女性版である。

測量行をつづける忠敬先生の前後に、ひょっとしたら菊舎尼のような女文人が歩いていたかもしれない。笑いさざめきながら物見遊山の旅を楽しむ女性たちもいたろうし、血相を変えて縁切寺を目指す女性もいただろう。だがしかし、彼女たちを忠敬先生に引き合わせる才覚が、そのころの私にはなかった。それが口惜しい。心残りである。

（『ＩＮ　ＰＯＣＫＥＴ』二〇〇三年十二月号　講談社）

◇『四千万歩の男　忠敬の生き方』講談社文庫刊行に際し書かれた文章。

イソップ株式会社――連載小説の喜び

落語家がよくいうことばに「捨て目捨て耳」というのがあります。いまは役に立たないかもしれないが、見るもの聞くもの、いつか使えるときがくるかもしれない。だから、なんでも見ておきなさい、聞いておきなさいという教えなのですね。

物書きにも、見たもの聞いたもの読んだものをなんでも頭のどこかに貯えて寝かせておくという職業的な癖があります。そうしておくと、いつの間にか小さな断片が頭の中でひとりでに育って行き、長編小説にふくれ上がったり、二幕物の戯曲に変身したりすることがよくあるのです。

もちろん、育たないものの方が多い。そこで、頭の中が、断片ばかりになって、うっとうしくてたまらなくなり、これらの断片群に陽の目を見させてやりたいと思うようにもなります。チェーホフやモームが貯えていた断片集は、「作家の手帖」という体裁で読者に親しまれていますが、ほかになにか手はないかしら……ぼんやり思案していたところへ、文化部の石田汗太記者から、「なにかお書きになりませんか」というお誘いをいただきました。

「頭の中の断片を小さいなりに一個の物語に仕上げて、その小さな物語に、大好きな和田誠さんが絵をつけてくださったら最高なんですが……」

日ごろの夢を口にしたら、それがいっぺんに叶《かな》って、びっくりしてしまいました。

連載を重ねるごとに、頭の中はすっきりしてきますし、和田誠さんの絵は毎回、すばらしい見ものでしたし、石田記者の「あらすじ」がいつも奇想天外で、こんなに楽しく仕事をしたのはめずらしかった。もちろん、「おまえが楽しんだほどには、楽しめなかったぞ」という読者もおいででしょうが、もしそうなら、それは作者のはたらきが足りなかったせいです。

回を重ねるにつれて、見る見るうちに、さゆりという主人公が大切な存在になって行ったのは計算外でした。作者が加勢していたのは弟の洋介くんだったのに、さゆりが大事なことを、なにもかも云《い》ってしまうようになったのです。彼女は、最初のうちは、「なにも変わらないし、変えることもできない。ずーっとこのままなんだ」というように考えてしまう少女でした。

「これをやって失敗したんだから、もうなにをやってもだめ……」

「悪いことが起きたら、それはわたしのせいにちがいないんだわ。もしもいいことが起こったら、それはほかのだれかの手柄。でなければ、そうなるような進み行きだっただけなんだ」

こんな考え方をしていた彼女が、夏休みの間に、「歴史とは、わたしたちが起こすもの。わたしたち一人一人が、わたしたち全員が、歴史に参加しているんだ」と考えるようになったのです。

弟の洋介くんの頭の中にあるのは（作者の整理するところによれば）、「生きて行くということは、とても複雑みたいだ。でも、考え方を変えれば、ずいぶん単純にもなりうるんじゃないかな」という人生観で、さゆりはたぶん弟のこの考え方に感化されたのでしょうし、それよりなにより、彼女は、作者の手から離れて、読売新聞の紙上で読者といっしょにぐんぐん成長して行ったというのが実情です。

こうして作者も今、「人生を単純に生きること。もしもなにか面倒なことがあるようなら、志を同じくする人たちと力を合わせて、それを乗り越えるだけだ」と考えるようになりました。さゆりの成長に引きずられて、作者もまた成長したらしいのです。書くことは考えること。その機会を与えられ、なんとかやりとげたことに、わたしはとても大きなしあわせを感じているところです。

（『読売新聞』夕刊　二〇〇五年二月三日）

あとがき

井上ユリ

ひさしさんはよくメモを取りました。新聞や雑誌を読んでいて、気になる文章を見つけると書き写します。出先などでも気がついたことをメモします。カードに書いていた時期もありましたが、晩年使っていたのはポケットに入るサイズの手帳です。日記も毎日つけていました。

海外への旅には丸善のダックノートを持っていきます。布表紙のA５版を少し幅広にしたサイズで、このノートを旅行中の日記にして、日々の出来事を文字通りあまさず記録します。お店のカード、美術館のリーフレット、会った人の名刺、レシート等々の紙類は全て貼り付けていくので、ノートはどんどん膨らんでいきます。帰るころには、バラバラにならないよう紐で結わいていました。

毎日の出来事は文章で書くのはもちろん、図や絵も入れます。泊まったホテルの部屋の間取り、歩いたり、訪ねたりした場所の地図、人にあって食事をすることがあると、お店のつくり、内装、出席者の座り順、とにかく全て絵にします。筆箱には黒、青、赤のインクのペン、鉛筆、赤鉛筆、のりが必ずはいっていました。感心するのは、そういう図解を下書きも書き直しもなくさっと書いてしまうこと。全体の位置関係を瞬時に摑まえることが出来るのです。この本に収められている、藤沢周平『蟬しぐれ』の舞台、海坂藩の地図を見れば、ひさしさんの図を書くデザイナー的才能がおわかりになると思います。

一緒に旅行しながら、わたしは正直「毎日ノートばかり。この時間があれば、もっといろいろ見学できるのに」と感じていました。でも、旅行から三十年経った今、このノートを開くと、旅行中の一瞬一瞬がはっきりとよみがえってきます。今ごろわかってごめんなさい。

ひさしさんは「手で書く」「手で覚える」ということをとても大事にしていました。「字を書くのが好きなんだ。筆耕になってもよかったかも」なんて冗談に言っていたこともあります。書く道具、万年筆、筆、鉛筆、ボールペンも大好きでした。

わたしがたまに文章を書かなければならず、なかなか考えがまとまらないで悩んでいると、「とにかくまず書きだしてごらん」とアドバイスされました。頭の中にあるものを一旦外に取り出して、手で文字を書いて、それを目で見て考えをすすめなさい、という意味だったのでしょう。「手」と「脳」は連動するようです。

同じ一人の作家とは思えないほど、ひさしさんは多岐にわたる膨大な仕事を残しました。「むずかしいことをやさしく」の言葉どおり、作品はどれもわかりやすく、読みやすいものばかりです。でも決して浅く薄っぺらにならないのは、日々「手」で残した記録が、時間を経て記憶となり、作品の細部を豊かにしているからではないかと思うのです。

井上ひさし

1934-2010 年．山形県東置賜郡小松町(現・川西町)に生れる．上智大学外国語学部フランス語科卒業．放送作家などを経て，作家・劇作家となる．1972 年，『手鎖心中』で直木賞受賞．小説・戯曲・エッセイなど幅広い作品を発表する傍ら，「九条の会」呼びかけ人，日本ペンクラブ会長，仙台文学館館長などを務めた．

『井上ひさしコレクション』(全 3 巻)『井上ひさし短編中編小説集成』(全 12 巻)(以上，岩波書店)，『「日本国憲法」を読み直す』『この人から受け継ぐもの』(以上，岩波現代文庫)など，著書も多数刊行されている．

井上ひさし　発掘エッセイ・セレクション
小説をめぐって

2020 年 7 月 10 日　第 1 刷発行
2020 年 12 月 4 日　第 3 刷発行

著　者　井上《いのうえ》ひさし

発行者　岡本　厚

発行所　株式会社 岩波書店
〒101-8002 東京都千代田区一ツ橋 2-5-5
電話案内 03-5210-4000
https://www.iwanami.co.jp/

印刷・三陽社　カバー・半七印刷　製本・牧製本

ISBN 978-4-00-028150-8　　Printed in Japan